那年夏天，在夢境尾聲墜入愛河

あの夏、夢の終わりで恋をした。

冬野夜空
Fuyuno Yozora

林孟潔——譯

我作了好長的夢，
是一場得償所望的美夢。
在這場富足的夢境中，終於有人認同我的存在。
但夢終究會醒來，
更何況是犧牲某人換來的幸福，只不過是半夢半醒的夢境。
放棄吧，結束這一切吧，
因為這是宛如水面浮沫般虛無的時光，形同泡影的一場夢。

CONTENTS

prologue

序章

あの夏、夢の終わりで
恋をした。

每當有人問我「如果能改變過去的選擇」，腦海中就會立刻浮現出那場意外的瞬間。

其實我的記憶有些模糊，但對自己最重要的人明明深陷危機，我卻雙腿發軟、無法邁開步伐，甚至連手也沒能伸出去。我只清楚記得，事後我對這樣的自己無比懊悔。

從結果來說，當時因為我愚鈍的過失，導致妹妹雫離開了人世。

如果我能再早一步預判狀況，能更有勇氣和行動力的話……

但不管再怎麼想，逝去的人也不可能重返人世。

事發之後，我才後悔莫及。

在那之後的每一天，「為何當時沒這麼做……」的無力感與罪惡感，總會化為咒縛般的悔恨緊抓著我不放。

我阻擋了雫應該要經歷的青春歲月，和雫一同努力的音樂之路也就此斷送。

我不但無視他人的同情與憐憫，連善意都拒於門外。

於是我放棄了應該由雫來完成的人生經驗，藉此逃避罪惡感並肯定自我。

因為不這麼做的話，我可能會對活著這件事也充滿罪惡感。

我從來沒體會過心靈富足的感覺，但我告訴自己，愚蠢的人自然會落得如此下場。

不論是因為雫死後變得漸行漸遠的家人，越來越辛苦的日常生活，還是再也聽不了最愛的音樂，我都只能認命接受這一切。

正因如此，「如果能改變過去的選擇」，我要做的第一件事就是修正那一瞬間自己的選擇吧。

儘管思想各不相同，但每個人經常都會有「如果當時這樣做就好了」的念頭。思考那些無可奈何的可能性，就算已經覆水難收，還是會忍不住憶起當下最好的選擇吧。

人生就是不斷在選擇取捨。

選擇其中一方，就勢必要捨棄另一方。

我對此有切身的理解，深刻體會到選擇的重量。

所以啊。

對自身的無力充滿絕望，放棄一切的我，才會說出那種平常不可能說的話。

是不是因為經常摸索最好選擇的習慣早已在內心某處扎根？

還是因為我時常提醒自己要作出無悔的選擇？

抑或是我害怕錯失僅此一次的機會？

肯定以上皆是吧。只要欠缺其中一項因素，結局就會截然不同。

這真的是最好的選擇嗎？我也不清楚。但我現在可以自信滿滿地說，我對這個選擇並不後悔。

當時我不顧一切，就像是脫口而出般，對初次見面的異性——

「……我對妳，一見鍾情了。」

說了這麼一句話。

chapter.01

名為夏之花

✦

あの夏、夢の終わりで

恋をした。

八月一日

高中最後的一個暑假，實在讓人閒得發慌。我不想跟為數不多的朋友出去玩，也無心準備大學考試，這種彷彿永無止境的每一天，讓我有種被鎖在時間牢籠中的感覺。

每天無所事事虛度光陰的內疚感使然，我在目的地未定的狀況下走出家門，順便當作單純打發時間。打從心底不想待在家裡的潛意識，或許也助長了外出的意願吧。

閒暇時我喜歡沉浸在閱讀和音樂鑑賞的世界中，總會下意識前往書店或唱片行，今天也不例外地往書店走去。

沿途經過兒童公園前，就看見小孩子們正在互相追逐，彷彿在盡情享受孩童這個身分。對他們來說，這股讓人提不起勁的夏日燠熱或許只是為了取悅孩童的刺激吧。

我在他們這個年紀時就開始學鋼琴。在應該不怕豔陽、盡情玩耍的年代，我卻在冷氣房中上鋼琴課，一定是因為這樣我才會變成一個傻呼呼的人。夏日陽光明明耀眼奪目，卻沒有照亮我的心情。

這種日常即景，和我的經歷大相逕庭。

跌倒擦傷膝蓋卻笑得更加燦爛的男童，一口氣將自動販賣機買的碳酸飲料灌入乾渴喉嚨的西裝男子，以及髮絲隨風飄揚、神情爽朗的制服女孩，我甚至覺得我跟他們是不同世界的人。

為了逃離他們的世界，我加快腳步。

我微微低著頭走了一會，就來到經常造訪的書店。在入口處陳列的新刊和改編成電影的書籍專區稍加瀏覽，拿起感興趣的書在店裡閒逛。

我認為不需要檢討自己，喜歡他人創作的故事，這恐怕是我用來逃避現實的手段之一，所以才會變成隨興閱讀，任何領域的書籍都想看的風格吧。

可是那一天，我的目光竟然停留在即使眾多種類中，我也鮮少閱讀的戀愛小說上頭。

偶爾換換口味也不錯，這股好奇心讓我伸出了手。抱著即將與平常難以接觸的故事相遇的期待，我買下了那本書。

如果馬上回家埋首閱讀的話就跟平常沒兩樣了，思及此，我便往與自家反方向的路線走去。

基本上我的行動範圍不大，即使距離不遠，但只要稍微往外走就會踏上陌生的土地。

走了一會，我發現一間簡約時髦的咖啡廳。那間咖啡廳風格古典，給人一種難以隨意入店的感覺，裡頭的客人感覺也十分高雅。

這種風格讓我這個高中生有些膽怯，但如果是年輕人成群結伴的吵鬧咖啡廳也會干擾閱讀心情，因此我覺得自己找到了夢寐以求的地方，便還是興沖沖地踏入店內。

內部擺設以亮棕色為基調，打造出充滿沉靜氣息的空間，讓我確信此處與外觀給人的印象如出一轍。心中湧現出一股充實感，覺得這就是我尋覓已久、適合閱讀的咖啡廳。

被帶位入座後，店員似乎精準預判了我打開菜單決定餐點的時間點，前來幫我點餐。

「您要點餐了嗎？」

從帶位到點餐的一連串動作都十分俐落，這間店的店員表現簡直完美得無可挑剔，而價格卻沒有因此而貴得離譜，甚至讓人想知道為何這間店的服務能夠如此周到。

因為肚子不餓，我就點了這間店的招牌咖啡，接著就實行原本的目的，翻開文庫本沉浸在故事的世界中。

——將文庫本拿在手上翻閱，當右手的頁數開始慢慢變厚時，我聽見了那段旋律。

悠揚動人的和弦音色輕撫過我的鼓膜。

鋼琴旋律充斥了整間咖啡廳。有人專心閱讀、有人和朋友聊得正盡興、有人在用電腦工作，所有沉浸在各自時間中的人們，都因為這陣旋律抬起頭來。

走進這間店時，我就看到店內最後方擺著一台鋼琴，但早已放棄音樂的我當然不會有所動作，只是心中有些悵然，覺得那台「沒了靈魂」的鋼琴看起來就像普通的室內擺設。

但那台鋼琴活過來了，此刻的它被一位演奏者灌入了生命力。原本看起來如槁木死灰的鋼琴奏出了音色，撼動著人們的心靈。

沒有人對忽然傳來的音樂感到不滿，而是欣然接受。

業界裡幾乎沒有人能演奏出讓所有人都滿意的音樂，這一點我從以前就深有體會。正因為相當困難，演奏者才只能被迫照著樂譜彈奏。

可是這股音色沒有任何拘束，散發出自由的光輝。在我聽來甚至覺得這股音色貼近人心，風度翩翩地伸出手邀約道「來跳支舞吧」，受其牽引的心靈便忍不住與音樂共舞，彷彿整間咖啡廳變成了音樂舞會。

「……哇啊。」

我不禁發出感嘆，這是我第一次聽見如此愉悅自由的音樂。

我的心為之陶醉，早已放下手邊書籍，專心聆聽這股音色。

一曲演奏完畢後，就聽見某處傳來鼓掌聲，數量還逐漸增加，甚至讓人誤以為這間簡約時尚的咖啡廳轉眼間變成了小型演奏廳。

除了感嘆之外，我心中也湧現出好奇。

我單純想知道，究竟是什麼樣的人能演奏出這種音樂。

可能不是只彈一首曲子就結束吧，還是能感受到演奏者所散發出演奏的緊張感，但這種緊張感中卻帶著適度的鬆弛，所以才能演奏出不生硬卻也不拖沓的宜人音色。

在演奏者彈奏第二首曲子之前，我起身離開座位，但不是要走出這間店，而是恰好相反往店後方走去。我穿過桌與桌的縫隙，憑著一股衝動往前走，只為了確認演奏者的存在。

演奏者映入眼簾的那一刻，我也瞪大雙眼。

我原以為演奏者會是一位高雅女性或資深的熟齡長者，結果兩者皆非，竟然是一名身穿制服的女孩，讓我忍不住驚愕萬分。

但還不只如此。

我的視線不由自主地被那帶著清純微笑的側臉深深吸引。

眼前這位女孩的存在感，比平台鋼琴的亮黑色烤漆或整齊排列的白色琴鍵都要醒目。明明不是穿著演奏會的禮服，但那充滿演奏者氣質的側臉卻讓我感覺怦然心動。

我一定是在那一瞬間——墜入情網了吧。

女孩似乎發現有人盯著她看，便轉過頭與我視線交會，如此舉動讓我的心跳得更快了。

女孩眼中雖帶有幾分警戒與困惑，卻還是帶著一抹微笑詢問：「……有什麼事嗎？」

連她的嗓音都像方才演奏的音色一般悅耳。

我努力壓抑瘋狂跳動的心臟開口說道：

「……我對妳，一見鍾情了。」

♫

她只留下一句「等我演奏完再說吧」，就再次轉頭面向琴鍵。

我也遵循她的指示，決定點第二杯咖啡打發時間。

起初有些人對在眾目睽睽之下告白的我投來好奇的目光，但後來也逐漸減少，最後所有人的注意力都聚集在她的音樂上。

——我怎麼會做出這種事？

這是在我恢復冷靜後湧現的第一個感想。就算再怎麼衝動，也實在不像總是慎重選擇的我會做的事。

更重要的是，明知感情用事容易帶來後悔，我還是這麼做了。

再加上我讓自己太過醒目，我實在很想逃離現場，把剛才的行為當成全沒發生過。

「我到底在幹嘛啊。」

我在腦中召開反省會檢討自己思慮不周的行為，但她彈奏的旋律傳到耳邊時，注意力又會時不時分散出去，讓這場毫無意義的討論變得搖擺不定，如此周而復始，讓我不禁嘆了口氣。

我也在猶豫是否該走出這間店，卻還是想聆聽她的演奏，逃跑的行為也和我「堅持無悔選擇」的信念相違背。所以即使要強忍羞恥，我還是努力壓抑急躁的心情，在她演奏的旋律中沉浸到最後一刻。

更重要的是，我應該要極力避免讓往後的自己感到後悔。

又過了一個多小時，她的演奏才告一段落。奏完好幾首曲子的她，在零星四散的客人當中來到我的眼前。

看她身穿制服，應該跟我同年或小我一屆。襯衫領口敞開到第二顆鈕釦處，短到可以稍稍窺見健美雙腿的裙襬帶著幾分挑逗。長度及背的長髮染成有些人工的棕色，在照明反射下呈現出金黃色澤。她似乎習慣將單側頭髮塞到耳後，當她用習慣的動作撩起頭髮時，就能看見閃閃發光的耳環。

俏麗的外表讓我有些震懾，我在學校都會盡量少跟這種人扯上關係。

我對這種人胡說八道什麼啊……我拚命忍下想再次逃離現場的心情，提醒自己謹言慎行避免後悔。

「久等了。」

「辛苦了。」

我們的第一次交流恭敬中又帶了點生澀，讓我的緊張感不減反增。我等了將近一個小時，雜亂無章的思緒卻不停地在我的腦中打轉，回過神才發現演奏已經結束了。

過去我幾乎對異性毫無興趣，所以不知該說什麼才好。可能是對我的反應有些錯愕吧，她率先發話道：

「剛剛那是什麼意思？」

她問的絕對是我剛剛那句衝動發言，我卻詞窮到不知如何回答。

「我可以把剛才那句話當真嗎？」

聽她這麼問，我腦海中浮現出「找藉口搪塞」這個選項。可以選擇找藉口搪塞收回那句話，讓自己重回平常那種乏味的日子。

但我卻駁回了這個選項。雖然連我自己都覺得驚訝萬分，但我是真心覺得她的鋼琴技巧和本人都充滿魅力。而且我明白，像這樣放棄得來不易的機會最容易造成遺憾。

「可以當真啊，但在這邊不方便談，要不要換個地方？」

我們坐在咖啡店附近的公園長椅上，夕陽開始西斜，玩耍的孩子們也準備收拾回家，公園的氣氛漸漸安靜下來。

「妳的鋼琴演奏真的很優美，我從來沒聽過如此悠然自得的演奏。」

我先把心中的想法老實告訴她，這是我對她感興趣的初始原因。

「謝……謝謝你喔……」

可能是被稱讚覺得很開心吧，她的表情變得有些複雜。不過，我有說什麼奇怪的話嗎？

仔細想想，我才發現還沒向她自我介紹，那我現在就只是個忽然找她搭話的怪人了，還是先報上姓名再說吧。

「我是羽柴透，有羽翼的柴犬，透明的透，羽柴透，高中三年級。」

「我是日向咲葵。那個，你知道向日葵這三個字嗎？」

「向日葵，是夏天那種花嗎？」

「對。」

「呃，我記得是向著日光的葵花，寫作向日葵對嗎？」

「沒錯，用這種方式記我的名字是最好記的，向著日光盛開的葵花，綻放的向日葵，就用這種方式記吧。」

她又補充說明：順帶一提我是高二。

我雖然老實讚美「真是個好名字」，她的表情還是有些難看，只報上姓名或許無法消除她的質疑。

我還在思考對策時，可能是對駑鈍的我不抱希望了吧，她嘆了口氣又接著說：

「羽柴，你剛才說對我一見鍾情吧？」

「啊……啊啊，我有說。」

她在標致的臉蛋上略施脂粉，讓五官變得更加立體。在俏麗外表和端正五官的加乘下，她的提問變得更加懾人。

「那是你對鋼琴的想法吧？不是一見鍾情，是一聽鍾情吧？」

不知為何她看起來有些惱火，而我也終於明白她提問的意義。若要論當時對她傾心的主要原因，我第一個想到的確實是那段音樂。如果沒聽到那段鋼琴旋律，我可能根本不會對她感興趣。

但我該怎麼說呢？在我的人生經驗中，我幾乎不曾對他人坦承真實的想法。可以說我是被她的容貌吸引嗎？這雖然是我的真心話，但不管怎麼想都太輕率了。不過既然是真心話，倒也沒必要隱瞞……

像這樣反覆自問自答後，我還是老實回答。

「我的確是因為聽到妳的鋼琴演奏才深受吸引走到妳身邊，但妳誤會了，我是真的對妳一見鍾情。看到妳的那一瞬間，就好像有股類似電流的東西，竄過我的腦海。」

我試圖從貧乏的語彙中尋找適合的字句，卻還是說得零零落落，最後只能照實說出心裡話。

「看到妳的第一眼，該怎麼說，我就看呆了，覺得妳真是個大美女，所以確實是一見鍾情沒錯。」

我想盡辦法壓抑「我到底在胡說什麼啊」這種試圖保持冷靜的想法，衝動地將內心所想化為言語。

聞言，咲葵有些不滿地「哦～」了一聲，還冷漠地用斜眼看我。該不會不小心惹到她了吧？

「那羽柴想怎麼做？」

「這話是什麼意思？總之跟我說話不必用敬語啦。」

1.日文的「咲」為花朵盛開之意。

這個女孩子也不適合講敬語。

「那我就不客氣了……你是因為想跟我變成戀人關係，才來找我搭話嗎？」

戀人關係。說來慚愧，在我衝動開口的那個時間點，我根本沒有想過後續的狀況。

如果她願意和我並肩同行，我當然很開心，想像她為我演奏鋼琴的畫面就讓我笑逐顏開。再說，既然我用所謂搭訕的方式找她說話，那應該就是渴望跟她發展成那種關係吧……

但我還是對「擁有幸福」和「追求幸福」充滿愧疚與罪惡感。

那我到底是不想後悔什麼，才會找她搭話呢？

「算了，我不在乎你的目的。至少羽柴是抱著某種期待才會來找我說話吧？我也半斤八兩啦。」

「半斤八兩？」

「對。之所以會回應你的搭訕，就是覺得我能撈到一些好處。」

這話確實有理。像她這種外表俏麗的女孩，在鎮上一定也會被別人搭訕，拒絕更是家常便飯。那她到底圖我什麼呢？

「羽柴，你是欣賞我的鋼琴演奏才會來找我搭話吧？」

嚴格來說是對她一見鍾情才會上前搭話，但也是因為聽到鋼琴演奏才想走到她身邊，所以這話也沒有錯，於是我輕輕點頭。

「那我想拜託你一件事。」

「可是在場的人應該都很欣賞妳的演奏吧。」

「為我鼓掌的人很多，但上前搭話的還是只有羽柴你啊。」

咲葵又面露苦笑地說「在眾目睽睽之下忽然搭訕也很怪就是了」。

雖然是脫離「不讓自己後悔」這股信念的衝動行為，但姑且還是有其意義。

「我很欣賞羽柴的行動力喔。」

「是嗎？那就不枉費我勇敢搭話了。」

聽我這麼一說，她將頭髮撩到單側耳後，露出一抹輕笑。

「所以妳要拜託什麼事？」

「嗯，我想請你幫個忙，要用掉你一整個暑假喔。」

接著她用試探般的嗓音——

「如果你願意全力幫忙，我就無條件實現你一個願望。」

如此悄聲說道。

這句惡魔般的甜蜜私語在我胸口變成劇毒，助長了心中那股遇見她後就開始悶燒的思緒。

然而當時的我並沒有正確理解她這句話的意思。

間奏　月光

第一次看到他，是剛上國中的那段時期。

他經常在集會時，在全校學生面前彈奏校歌伴奏，某天還在朝會之類的場合上台領獎狀。他比我大一歲，在我剛上國中那個時候就已經是校內的風雲人物了。

他很會彈鋼琴，不管什麼曲子都能在大眾面前輕鬆演奏。如此自信耀眼的模樣十分帥氣，而且他彈奏的音樂讓人心曠神怡，我非常喜歡，所以他馬上就變成我的心儀對象了。

某天放學後，我正準備回教室拿忘記帶的東西，中途經過音樂教室時聽見了微弱的鋼琴音色。畢竟是在隔音設備完善的音樂教室中演奏，還以為完全聽不到聲音，但仔細聆聽後，才發現那是我最愛的鋼琴音色。

隨後我的行動速度勝過了思考，我根本不管是否會造成麻煩，就逕自打開音樂教室的門。好想在更近距離聆聽那股音色——我受如此本能驅使衝動行事。

回過神才發現我和心儀的他互相凝視，我還記得當時嚇得驚慌失措，嘴巴一張一鬮拚命想說點什麼，現在想想也覺得很滑稽。

但他對我這些費解的行為並不在意，溫柔地瞇起眼睛說：

「怎麼啦？」

感受到他的體貼後，我甚至有種心要融化的錯覺。不對，考量到後續的狀況，此刻我的心是真的被他融化了吧。

「呃……」

我根本沒辦法好好說話，說得口齒不清。其實只要告訴他「我喜歡你的鋼琴演奏」就好了，但當時的我覺得坦承在意是件丟臉至極的事，只能含糊地說：

「我喜歡……鋼琴……」

我已經盡力了。

這句話不管怎麼聽都會造成誤會，他自然也感受不到我的真心，但他溫柔的誤解也造就了往後的我。

「是嗎？那妳要不要彈彈看？」

我本來只想聽他的鋼琴演奏，卻演變成從未想像過的情況。他對演奏被迫中止沒有一絲怨言，而是把座位讓給我。

我坐在鋼琴前束手無策時，他再度展現了那份體貼。

「不會彈的話，要不要我簡單教妳一些？」

喜歡的人居然要教我彈鋼琴，如此奢侈的現實讓我內心混亂不已，但他的指導方式又快又明確，讓我根本無暇分神。

或許是因為他太嚴格了吧，雖然有些技巧對初學者來說稍嫌困難，但學了一會我就能彈出簡單的旋律。

他拍拍手笑著稱讚我，讓我非常開心，把那段旋律彈了一遍又一遍，能彈出如此音色的成果也讓我備感喜悅。

他說待會還有事所以中途先走了，但我之後仍留在音樂教室繼續彈奏琴鍵。對我這種無處可去又沒有朋友的人來說，這間音樂教室真是夢幻又愉快的空間。

結果當天我完全忘記要回來拿東西的目的，直到最終離校時間前都坐在鋼琴前面。

我就這樣靠自學學會了鋼琴。

chapter.02

選擇取捨

あの夏、夢の終わりで
恋をした。

八月二日

人生在世總會面臨選擇，未來的開創也永遠是基於自己的選擇，但日常生活中時常將這種想法放在心上的人，想必只是少數。

而我就屬於這類少數族群，哪怕是不重要的小事，只要被迫面臨選擇，我就一定會陷入苦思，只為了找出最佳解答。說白一點就是會被當成難搞的人，說好聽點，人們或許會用「慎重」來形容這種特質。

只是，將「堅持無悔選擇」奉為信條的我，就算是因為不想錯過那一瞬間的機會，憑著一股衝動就對初次見面的人說出「我對妳一見鍾情」的行為真的算是慎重嗎？那真的是那一瞬間的最佳選擇嗎？這讓我百思不解。

真要說起來，如果問我昨天去書店買戀愛小說，之後又踏進咖啡廳也是最好的選擇嗎？我卻答不出來。

現在也是。

前往她指定的地點，也就是暑假時的學校——我也不知道這算不算是最佳的選擇。

從昨天持續到現在的這些自問自答，似乎沒辦法給我答案。

「臉色怎麼這麼凝重？」

在視野一隅瞥見那個身影時，她也開口向我問道。

「我在開腦內反省會。」

「什麼鬼，開完了沒有？」

「啊啊，雖然沒得出答案，但已經議論完了。」

「是嗎？那趕快走吧，待在這裡太熱了，感覺腦袋會沸騰到沒辦法開反省會。」

眼前的她意興闌珊地回了一句，就把大熱天乖乖在正門前等待的我丟在原地，一個人迅速往校內走去。

沒錯，看來這世界很小，我跟她就讀同一間高中，說起來應該是學長與學妹的關係。

我追在她身後，雖然我們為了在學校裡不那麼突兀才會穿上制服，但暑假期間穿著制服，感覺就無法讚頌學生所得到的自由時光，讓我悶悶不樂。

她用毫無迷惘的腳步走在學校走廊上，明明時值盛夏，油氈地板卻帶著一絲詭異的寒意。

某間教室傳來電風扇聲響，校園傳來社團活動充滿朝氣的聲音，以及喧囂的蟬鳴，似乎都在透過聽覺表達出夏日的季節感。

「妳要我幫忙，具體來說是要做什麼？」

「之後會再跟你說清楚。」

說著說著，我們停下腳步。暑假期間學校裡本來就沒什麼人，此處更是充滿了寂靜感。這裡是位於學校三樓後方，偶爾會進去幾次的教室。

「果然是音樂教室啊。」

「沒錯，音樂教室，我想請羽柴聽我彈鋼琴。」

她只說了這麼一句就直接打開教室門，充滿人工感的空調冷氣就流洩而出，可能是原本就開著的吧，冷氣舒適地拂過汗水淋漓的身體。隨後為了逃離外頭的熱氣，我們一同走進音樂教室。

「只是要拜託我聽妳彈鋼琴嗎？」

「怎麼可能。」

她那一臉不滿的樣子彷彿在說「你以為這麼簡單啊？」隨後繼續說道：

「我想參加演奏會，所以想請你在我上場前幫個忙。」

「演奏會？」

「不是高手雲集的那種高難度等級，只是鎮上的演奏會而已。八月最後一天有場鎮長主辦的演奏會，我想上場。」

「我可能幫不上忙吧。」

她應該覺得我是沒彈過鋼琴的人，我似乎也沒有主動透露過，那她到底對我有什麼期待呢？

「只要跟我說哪裡彈得好就行了。」

「我應該沒辦法給出具體的建議耶。」

「沒關係啦～畢竟我一開始就對羽柴沒什麼期待。」

應該有其他更委婉的說法吧？我雖然心有怨言，但這種狂妄的口氣也是她的特徵。我記得自己沒做過什麼糟糕的事，而且說實在的，這種口氣也很適合她亮麗的外表。

「對了，妳只喊我羽柴，沒加學長兩個字耶。」

「我跟你又不是在學校認識的，也不記得你做過哪些學長會做的事。」

我們確實只差一歲，我也不介意這些小事，但每次跟她說話的時候，總覺得她的口氣變得越來越毒辣。這方面我還是別多想好了。

「接下來這幾天，我每天都會來這間音樂教室練習鋼琴，所以我希望來練習的時候羽柴也能過來幫我聽一聽，把你的想法老實告訴我。」
「我也不一定每次都能來。」
「那也沒關係，你還是盡量過來吧。」
「……好吧，我會看著辦。」
雖說是幫忙，但這點程度的小忙也沒必要吝嗇，我甚至覺得有正當理由可以每天欣賞咲葵的鋼琴演奏是件好事。
在那之後，她忽然就默默地彈起鋼琴。那是昨天在咖啡店彈奏的第一首曲子，也算是我對她產生好奇心的契機。
大概有兩個多小時吧，期間她拚命地持續彈奏這首曲子，時不時會歪著頭發出不太滿意的低吟，那個樣子就像真心對待音樂的藝術家。
像這樣聆聽她的鋼琴演奏後，以經驗者的觀點來看，確實還是有點粗糙的部分，技巧上也有稍嫌不足之處，但她的音樂強大到足以撼動人心，這些小瑕疵根本微不足道。
而且既然是小鎮演奏會，聆聽客群應該也不是音樂專家，而是掌管鄉鎮事務的高層人員。外行人聆聽她的音樂，畢竟對音樂知識理解不深，心中的感動應該十分純粹，現階段根本找不到任何令人不安的要素。我應該跟她說點什麼才行，但就算說「沒什麼問題」，對自己的鋼琴演奏不甚滿意頻頻碎唸的她應該也聽不進去吧。

正當我抱頭苦思時，她停下手邊動作冷不防拋出問題，而且是讓我最心慌的那種問題。

「羽柴，你有沒有想過……要是當時那麼做就好了？」

聽到這個問題，我頓時屏住氣息。因為直搗我的痛處，所以我回答時也小心翼翼，以免她發現我內心的動搖。

「……當然有啊，每個人都有過這種念頭吧。」

「這倒是，我也想過。」

「為什麼忽然問這種問題？」

我努力壓抑急躁萬分的心情，裝得若無其事。

「我剛剛彈的那首曲子，是最近流行的戀愛電影主題曲〈ＩＦ〉，電影內容和歌詞給我這種感覺，所以我才想問問看。我覺得探討歌詞的意義，或許可以想像歌曲的情境。」

「這樣啊……嗯，但能掌握歌曲的意境也不錯。」

她點點頭，隨後又轉換話題直接問道：

「聽了我的鋼琴演奏後，你有什麼想法嗎？」

我早就猜到她會這麼問，便說出提前準備好的答案。

「能不能讓我看看樂譜？或許能找到某些靈感。」

最後我也只能給出這種程度的回答。既然覺得她的鋼琴演奏沒問題，那就只能點出樂譜上寫的重點而已，就像我還在學鋼琴時總會不斷解讀樂譜那樣。

她不知道我彈過鋼琴，這答案對她可能沒什麼幫助，但我也只能這麼說。

可她根本沒意識到我的擔憂。

「沒有樂譜啊？」

還理所當然地歪著頭這麼說。

接下來說的每一句話，更是讓我驚愕連連。

「說穿了，我根本不會看樂譜。」

「學會基本的彈奏方法後，我都是自己隨便彈。」

「我彈奏的曲子都是用耳朵來記的。」

我問了句「為什麼？」這種不知在針對什麼的含糊問題後，她回答：

「因為直接用音階記住曲子比看樂譜還要快啊。」

誰能說明我聽到這個答案的心情呢？

我被名為「才能」的不公平嚇得說不出話，另一方面也感到心服口服。這就是她音樂中的自由性。不看樂譜，就表示她不受任何指示及拘束。她動用自己擁有的所有表現能力，將聽到的音樂形塑成每一個音階，所以才能演奏出如此悠揚美妙的音樂。她的聽覺一定相當優秀吧。

最後我無話可說，只能給出「聽起來沒有什麼問題」這種她一定不會滿意的回答。

她用「這人真沒用」的斜眼往我這裡一瞥，但沒有直接開口埋怨，又繼續彈起鋼琴。

第一天的練習就這樣結束了。

♫

隔天、再隔天，她都說到做到，每天到學校努力練習鋼琴。

而且是風雨無阻，毫無例外，從她的態度看不出一絲妥協。或許是被她的衝勁打動了吧，看見她的努力後，我當然會每天到學校聆聽她的鋼琴練習。

「輸入你的電話號碼。」

有一次她這麼說，並把手機丟給我。

「可以隨便動妳的手機嗎？」

「嗯，也沒什麼見不得人的東西。」

既然本人這麼說那就沒問題了，於是我乖乖輸入電話號碼。居然這麼輕鬆就得到一見鍾情的女孩的聯絡方式，感覺有點掃興。

「對了，妳有兩支手機嗎？」

「咦？為什麼這麼問？」

「我記得妳以前拿的手機型號不太一樣。」

我隱約記得有時她會看著手機螢幕嘆氣，但感覺當時拿的手機跟現在丟給我的這支手機型號不太一樣。

「嗯，算是吧，另一支是爸媽要我帶的。」

「這樣啊，表示他們很擔心妳吧。」

「應該吧。還有，可不可以別用『妳』這個詞啊，麻煩好好用名字叫我。」

她這麼說，有點像在轉移話題。

「用名字？日向咲葵嗎？」

「不要用全名啦，我也不喜歡你喊我姓氏。」

「那叫妳咲葵學妹？」

「加學妹兩個字很噁心耶。」

「意見還真多，那就叫妳咲葵吧。」

「嗯，還不錯。」

心滿意足後，咲葵又開始練習鋼琴。

這四天雖然每天都會來這間音樂教室練習，但咲葵還是會發出對自己的演奏一點也不滿意的低吟聲，而且比一開始還要頻繁，可能是陷入瓶頸了。

「還是彈不出滿意的感覺嗎？」

「完全彈不出來，因為羽柴沒有給我明確的建議啊。」

「那還真是……不好意思喔。」

我也知道自己根本派不上用場，所以只能老實道歉。

「沒有啦，開玩笑的。彈不出來是我的問題，你別放在心上。」

話雖如此，只能在一旁看著咲葵不停歪頭苦思反覆嘗試，我卻一點作為也沒有，的確挺丟臉的。

能不能做點什麼呢——我聽著鋼琴聲拚命動腦思考，忽然想到一個好點子。

但這個提議對一見鍾情的女孩實在有點難以啟齒。更正，應該是邀請。

「這是哪部電影的曲子？」

「你說〈ＩＦ〉嗎？」

「對，就是那個，妳看過那部電影了嗎？」

「沒看過。」

問到這一步，我也不得不提議了。

「那去看那部電影不就好了？」

咲葵是憑感覺演奏音樂，那就表示與其看樂譜學習，看可以理解歌曲意義和氛圍的電影才更重要。

「怎麼，找我去約會啊？」

咲葵給出的答覆相當辛辣，但也不能否認我確實有這個念頭，所以也不能說是她自我感覺良好。

「我不否認。」

「嗚哇，羽柴居然是這種策士啊～約女生的方式太心機了吧，有點討厭耶。」

「妳在說什麼，哪有這回事，我從來沒跟異性單獨出門過。」

「就算如此，你說得這麼自信滿滿，我也不知作何反應。」

「唉，那妳到底想不想去？」

我單刀直入地這麼一問，咲葵先是做出把頭髮撩到單側耳後的習慣動作，猶豫幾秒後就答應了。

「也對，再繼續下去可能會卡關，這次就接下羽柴的陰招吧。」

我們馬上就決定明天去看電影了，第五天的練習就是實地取材。

♫

為了掌握事前資訊，我查了〈ＩＦ〉這部作品，意外得知原作小說恰好就是我之前剛買的那本書──在認識咲葵的那間咖啡店閱讀的文庫本。

電影和原作小說的內容似乎有很大出入，兩種都能體會到不一樣的樂趣。據說原作中的主角沒有作出「某個選擇」，電影則是選擇後走向不一樣的結局。雖然我還沒讀完原作小說，但我單純對把故事番外，不對，把假想情境拍成電影這種嶄新嘗試感到好奇。

我不是期待跟咲葵一起看電影，而是單純期待電影內容，才會踏著輕快的腳步前往設有電影院的複合性設施，並在集合地點看見了她。

令人驚訝的是，她穿便服的感覺比平常還要文靜。她穿著亮灰色的無袖洋裝，繫著強調細格紋圖樣和纖細腰圍的黑色腰帶，更加凸顯出咲葵修長的好比例。

「早啊。」

「嗯，早安。」

我喊她一聲，她才隨口應了一句，彷彿先前的視線範圍內根本沒有我的影子。

咲葵頭上戴著黑色海軍帽作為裝飾，帽子下那頭看上去像金黃色的棕髮塞在單邊耳後，露出了閃閃發光的耳環。

我說了聲「走吧」往前走去，她就默默跟了過來。

「是說，我第一次見面就說了那種話，妳還跟我來看電影，這樣好嗎？」

「你果然在想這種事。」

「我想說還是問一下。」

跟前幾天忽然說對自己一見鍾情的異性去看電影真的好嗎？我忍不住有這種疑問。

「要不要把這當成約會，就看羽柴怎麼想囉。」

「可以隨我怎麼想嗎……」

「要怎麼想是你的自由啊，反正我不認為這是約會。」

「說得也是。」

今天咲葵的毒性依舊猛烈。

複合設施內部十分寬廣，據說一天也不可能逛完。因為我們要去的是設施中最後方的電影院，這段路程遠到讓人不敢相信是在設施裡面。我還在拚命思考如何避免尷尬時，她就一如往常主動抛出話題。

「羽柴，你會看戀愛電影嗎？老實說我覺得你不會看。」

「妳說得沒錯，我不看以戀愛為主軸的作品。」

「果然沒錯～我好像也不會看。」

這回答出乎我的意料，她看起來明明就是對故事中別人的戀情充滿嚮往，會跟朋友興奮討論的那種人。順帶一提，我單純是因為不理解戀愛感情才不看，要激起從未經歷過的情緒也不太容易。

「為什麼？」

「我先聲明喔，我不會像羽柴那樣把沒經驗當成藉口，說不理解戀愛感情覺得很無聊之類的理由。」

「別想那些有的沒的好嗎？也麻煩妳別擅自決定我不看的理由。」

不過，這樣啊，咲葵果然談過戀愛。這也沒什麼好驚訝的，她這麼漂亮，沒有戀愛經驗反而才不可思議。但以一見鍾情的立場來說這種話，心情還是有些複雜。

最後我沒有打聽到她不看戀愛電影的理由，話題就中斷了，或許是前幾段經歷讓她不願回想，或是不想被他人提及吧。我判斷還是別繼續深究為妙，忍住了好奇心。

「對了，等等要看的那部電影的原作小說，我有買耶。」

我試著拋出今天早上得知的最新話題。如果她對這個話題感興趣，對話應該就能延續下去。

「是喔。」

結果我的期待落空，她的反應非常冷淡。咲葵到底為什麼會答應跟我一起看電影呢？我實在想不透。

「這次的作品裡有個設計……」

「怎麼，你想在看電影之前劇透嗎？太惡質了吧。」

「不是啦，我沒這個意思。因為某一處讓電影和原作的內容出現分歧，如果妳覺得電影還不錯，或許也可以看看小說，所以我才想告訴妳……」

「我看完再考慮吧。」

她的口氣已經超越冷漠，甚至帶了點怒氣。我實在搞不懂她為何生氣，根本應付不了她彆扭的脾氣。

「妳生氣了？」

我知道對正在氣頭上的人問「妳生氣了？」是在火上澆油，但還是不得不問。

「哪有。」

好啦，這下該怎麼辦？

不知如何與她相處的我，決定在前往電影院的路上保持沉默，以免她的心情變得更糟。

片尾曲結束後，室內燈光也同時亮起。關燈迎客、開燈送客的設施，應該也只有電影院吧，我茫然地思考著這種稀有性，一旁的咲葵忽然抬起頭來。

「好，趕快去學校吧。」

「這麼突然。」

「現在應該彈得出來。」

「靈感湧現了嗎？」

「嗯，算是吧。」

於是我們直接前往學校，中途完全沒有繞到其他地方。

夕陽開始西斜，我走進校內，同時感受到身後的街景正緩緩染成橘黃色。從走廊窗戶灑落而下的溫暖夕陽，感覺帶著幾分包覆著炎夏的暖意。

音樂教室沒有開燈，夕陽反射在昏暗教室中光亮烏黑的鋼琴上，此情此景充滿了純粹之美。但咲葵似乎對這幅美景毫無興趣，立刻開燈並彈起鋼琴。

此刻咲葵身上散發著誰也不准打擾的嚴肅氣息。

咲葵專注力敏銳地反覆彈奏同一個段落，時而點頭時而歪頭，不斷反覆嘗試。甚至讓我想大力稱讚，只看一次電影就能對歌曲抱持如此豐沛的情感。

難得一男一女一起看電影，卻沒有向彼此發表感想，感覺就像真的只為了彈鋼琴才去的。這確實是當初的本意，所以演奏進度才是最重要的，但心中多少有些遺憾也是事實。

抵達學校時已經傍晚了，再過不久就會被趕出學校。開始演奏後大約一個小時，咲葵彈奏琴鍵的手忽然停了下來。

「怎麼了？」

「我成功了，想讓你聽一下。」

咲葵第一次心滿意足地點點頭，用充滿自信的表情看向我，還用視線催促我「趕快過來聽」。

「那我就聽聽看吧。」

聽了我的回答後，咲葵再次轉向鋼琴，過了一會才用輕觸般的力道將手指放上琴鍵。

一個音階，光是聽到剎那間奏響的音階，我就感受到那個音色的情感立刻融入我的心坎。她彈的曲子明明跟以前一樣是〈ＩＦ〉這部電影的主題曲，感受方式卻變得截然不同。

昨天為止聽起來就像平順帶點哀戚的敘事曲，此刻在我眼前的演奏卻無法用如此簡單的方式來表現。筆墨難以形容的複雜交錯之情乘著音色傳遞而來，聽了就自然想起劇中的經典場面，甚至能喚起讓我懊悔不已的那段記憶。

「如果」——我似乎聽見音色如此傾訴，彷彿在問我「如果能回到那個時候，你會作出不同的選擇嗎」。

技術上當然有不足之處，但我是第一次聽見這種充滿傾訴的鋼琴演奏。

「羽柴，你還好嗎？」

不知不覺演奏已經結束，咲葵的臉出現在我眼前，緊盯著我看的那雙眼眸清澈又美麗。

「啊……啊啊。」

「怎麼樣？」

「我被折服了。」

「什麼啊，這麼誇張。」

咲葵對我的回答不屑地冷哼一聲並轉過頭去。她是不相信我說的話，還是依然對自己的演奏不甚滿意？

「絕對沒有誇張，我是真的被折服了，跟昨天的音色相比好太多了。每一個音符都撼動心靈，好像在詢問我內心深處的秘密。妳可能聽不太懂我想說什麼，總之我非常感動。」

「是嗎？」

咲葵還是將臉別開，隨後又低下頭去。

我還以為自己又說錯話，正打算反省的時候。

「謝謝你帶我去看電影。」

就聽見咲葵的輕聲低語。

「不客氣。」

帶她去看電影似乎是正確的決定，我的選擇並沒有錯，這讓我鬆了一口氣。

如果我跟咲葵的互動中發生了致命的選擇失誤，應該就不能像現在這樣在同一個空間共處，也沒辦法面對彼此了吧。過去相安無事，不代表往後也是如此。

如果咲葵向我宣告這段關係結束——光是想像這件事，我的內心深處就沉痛不已。或許我比想像中還要依賴她，所以只能盡其所能地幫忙，想盡辦法讓她在演奏會上場。

這時我才忽然意識到。

如果八月最後一天是演奏會，在那之前還有甄選會的話，那不就是近期的事了嗎？八月已經過了一週，咲葵的態度看起來也有些焦躁，或許正是被甄選會逼急了吧。

「對了，甄選會是什麼時候？」

「啊啊，我沒說嗎？」

咲葵用輕描淡寫的語氣說出這句話。

「就是明天啊。」

間奏　悲愴奏鳴曲

開始彈鋼琴後，我身邊的人增加了。

我是因為練習時被同學看見了，但我也不禁心想：原來只要有機會，自己的生活和周遭環境就能輕易改變嗎？

起初是有位同學對我的演奏稱讚「好厲害」，後來感興趣的人也順勢找我搭話，不知不覺也多了幾個稱得上朋友的人。跟過去不曾拓展交友圈的我相比，現在的每一天都變得相當充實。

儘管如此，當我發現只有我仰慕的那個人的背影離我越來越遠時，我不知難過了多少次。後來我們再也沒有偶遇，也沒有任何交流的機會，他就從國中畢業了。

我們當然沒有交換聯絡方式，本來就跟他毫無交集的我自然沒有機會接近他。當時我心想：我再也見不到最喜歡的那個人了。

但命運似乎站在我這一邊。

那天我不經意地前往鎮上舉辦的小型演奏會，竟然遇見了在我記憶中永遠閃閃發亮的他。

他用目光確認演奏廳內的空位，似乎在尋找不會跟其他觀眾坐在一塊的位置。因為觀眾不多，機會有些渺茫，但我還是在心中不斷祈禱「拜託來我旁邊吧」。

或許是上天垂憐，我的心願幾乎實現了。他猶豫了一會便往我的方向走來，坐在跟我隔一個空位的位置。

心儀已久的那個人，以為再也不會見面，讓我快要放棄希望的那個人，居然就在觸手可及的距離，緊張與幸福感讓我變得暈乎乎的。

我對那天的演奏會內容沒什麼印象，五感只對他依稀可聞的呼吸聲、氣味等構成他的種種要素有反應。

演奏會結束後，寥寥可數的觀眾零星離場，他也起身準備加入散場的人群中。而我也下定決心，絕對不能錯過這個大好機會。

我在腦海中描繪在心裡模擬練習無數次的那句話。沒問題，我一定辦得到——如此說服自己後，我張開嘴巴。

但話語卻沒有化作聲音脫口而出，都這種時候了，緊張感居然還要來礙事。

我頓時用力咬緊下唇，靠痛覺壓下這股無用的情緒，然後……

「那個……」

聽到我突如其來的大喊，他還是像那天一樣，臉頰上掛著淡淡的淺笑並轉過頭來。

「怎麼了？」

chapter.03

夢境伊始

あの夏、夢の終わりで
恋をした。

八月七日

這天是進入八月後的第一個陰天。彷彿將這幾天的熱氣盡數吸收的厚重雲層，漆黑到足以擾亂接下來的氣候，還將以往清晰可見的藍天全數遮蔽。

灰濛濛的天空就像我的心境寫照，但咲葵的心情一定比我更消沉。

就結果而言，咲葵在甄選會落選了。

為了聽取報告，我被她叫到學校，在平常練習鋼琴的那間音樂教室聽完了來龍去脈。

因為咲葵說「我想專心演奏，不必來替我加油」，所以沒有在現場聆聽的我也無法一概而論，但我敢保證，只要聽過她那段演奏就不可能讓她落選。而且像小鎮演奏會這種表演給外行人看的鋼琴演奏，咲葵的演奏更是占絕大優勢，那種並非炫技而是貼近人心的音樂，一定會得到全場最佳評價。咲葵本人也篤定地說沒有犯下明顯失誤，彈得跟昨天一樣好，就更不用擔心了吧。

難道評審中有對音樂內行的高層嗎？還是特地請來了專業評審？我實在想不明白是什麼理由，但追根究柢也毫無意義。

我無法接受。不知道是什麼理由讓他們不採用能演奏出無比撼動人心的音樂的人，讓我懊悔不已。

但不管我如何控訴，現實也不會改變。咲葵她已經被判定沒有資格登上演奏會舞台，這就是不爭的事實。

在一片沉默中，唯有時間不斷流逝。

一字一句都讓我猶豫再三，我的字典裡找不到任何適合安慰的話語。

外頭開始滴滴答答下起雨來，還能聽見社團活動的那些人跑進校舍躲雨的慌亂腳步聲。逐漸增強的雨勢或許是在代替她哭泣吧。

咲葵始終不發一語，沉默籠罩在我們之間，只有隔音牆外依稀可聞的雨聲空虛地傳進耳中。

「羽柴，我落選了。」

「……」

「雖然我彈得跟練習時一樣好，覺得信心滿滿。」

我什麼話都說不出口。

平常根本不管他人心情，狠話隨口就來的咲葵，現在卻傷心到說話時氣勢全無。可能是不知不覺習慣了她的毒性吧，我竟希望咲葵像平常那樣給出毒辣批評。看到咲葵沮喪消沉的模樣，讓我懊悔得不得了。

「你說句話啊。」

「抱歉……」

我覺得不管說什麼都會傷害咲葵，所以不敢隨便開口。明明想說點什麼，但就是開不了口，好幾次湧上喉頭又消失無蹤。

長時間的沉默既沉重又痛苦，偏偏在這種時候，我就會想要聽聽咲葵的鋼琴演奏。

沉默不知持續了多久，咲葵忽然開口說：

「羽柴。」

「怎麼了？」

「羽柴。」

「妳今天一直喊我的名字耶。」

我用帶點詼諧的語氣這麼說，她還是沒有任何反應。

她反而用帶著嚴肅的聲音說：

「我想聽你彈鋼琴。」

這句話觸動了我的心弦。

「妳要我彈鋼琴嗎……？」

「嗯，因為我一直在猜你是不是會彈鋼琴。」

「……」

咲葵這句話和事態進展都出乎我的意料，讓我十分困惑。

放棄鋼琴之後，直到現在我都沒有彈過。過去的每一天，我都在試圖逃離鋼琴這個樂器。

可是現在眼前就有一台鋼琴，還有人說想聽我演奏。如果我的演奏能為她帶來一點鼓勵，或許就有意義可言。

「我有一段空窗期，也很久沒彈了，這樣還要……」

「那也無所謂。」

咲葵蓋過我的話，彷彿要打斷我退縮的語氣。

「我想聽羽柴現在的鋼琴演奏，所以彈不好也無所謂。」

其實我再也不想彈鋼琴了，這是為了彌補過去所犯的錯，更重要的是我害怕面對鋼琴。

儘管如此。

「我記得的曲子也沒幾首了。」

就算再怎麼恐懼，我還是想助她一臂之力。

最初的契機確實是一見鍾情。我的行為就是所謂的搭訕，無論是這種低俗的相識方式還是自發性的行為，都跟我平常的行為模式大相逕庭。重點是，一旦開始思考我的行為到底是不是無悔的最佳選擇，我心中就滿是疑問。

儘管如此，此刻我對自己的行為依舊充滿自信。

換句話說，我確實愛上了咲葵。

理由尚不明確，但在不知不覺間，我的目光總是追隨著她的行動和傻傻努力的模樣。如果是為了她，或許我可以再次彈奏琴鍵。

「你要彈什麼曲子給我聽？」

咲葵一轉方才的沮喪神情，雙眼變得炯炯有神，對我的演奏滿心期待。光是能讓咲葵展露歡顏，我就鬆了一口氣，為自己彈鋼琴的決定感到慶幸。

曲目是雙手唯一還有肌肉記憶，在鎮上的小型演奏會經常聽見，讓我心心念念的那首曲子。這首曲子沒什麼名氣，連長年學琴的我都不確定曲名是什麼，但這首曲子卻在我心中留下最深刻的印象。

「我不記得曲名了，但我很喜歡這首曲子。」

咲葵讓座給我後，我將雙手放在琴鍵上，等了一會讓心情平復後，將意識集中在聽覺而非雙手。

我將慢慢放上琴鍵的手往下按，緩緩奏出第一個音符，接著以此為開端，我的手開始加速。

「……！」

我聽見了咲葵的屏息聲，她那敏銳的聽覺，似乎網羅了在這個環境中的所有聲音。

我的雙手將琴鍵當作舞台，心無旁鶩地飛舞著。時而寂寥，時而雀躍。

瞬間映入眼簾的咲葵，正將雙手緊握在胸前仔細聆聽。

我覺得好自由。

靠的不是樂譜，只有記憶中聽過無數次的那段旋律。在這個空間裡沒有評審，聽眾只有咲葵一人，沒有任何人的指示，可以盡情表現自我，讓我體會到難以言喻的舒暢感。

原來音樂是這麼快樂的一件事。

不，不只如此，因為是為了咲葵而彈，我的音樂才會充滿色彩。

正因為我希望自己拙劣的演奏能成為激勵咲葵的一曲，全神貫注地彈奏，才能盡情表現自我。

這是我將目前的才能發揮到最極限的演奏。雖然不能像她那樣震撼人心，但或許能傳遞至咲葵一個人的心坎裡。我抱著這股想法忘我地演奏。

演奏轉眼間就結束了。

最後一個音符響起後，為了不破壞餘韻，我輕輕將手指抽離琴鍵，再深深嘆一口氣，彷彿要將體內累積的緊張感傾吐而出。

這場演奏是否能傳遞到她心裡呢？能多少給她一點鼓勵嗎？

我將「彈得怎麼樣？」這句話含在口中，重新看向咲葵。

——結果她只是默默流著淚。

她沒有抹去淚水，沒有嗚咽聲，也沒有抽泣聲，就這麼直盯著我，看起來完全不在乎滑落而下的眼淚。

「咲葵……？」

「……對不起。」

我不明白她為何道歉。

她目不轉睛地看著我，只是愕然地輕吐出一句道歉。

「為什麼道歉……？」

「沒有啦，沒什麼。」

咲葵的雙眼重新聚焦，彷彿猛然恢復意識，摸摸自己的臉頰並驚呼一聲。

「奇怪……怎麼回事？」

她用手背擦去滑至下顎底端的淚水，皺起些微紅腫的眼角溫柔一笑。

「謝謝你，羽柴，真是精采的演奏。」

「……不客氣。」

雖然不知道咲葵的表情變化代表什麼意義，不知為何我卻不敢繼續追問。感覺會窺見日向咲葵這個女孩的本質，而現在的我還沒有這個資格，所有話語都轉變成難以言喻的不快感，彷彿細小魚刺般鯁在喉頭。

「其實啊。」

說完，咲葵的目光朝我直射而來。

「聽到你說對我一見鍾情，我真的好開心。就算你是把我當成鋼琴音色能震懾人心的理想姿態，抑或只是單純愛上這種陌生的戀愛感情，我都很開心。」

她到底在說什麼？

好像在說我愛上了戀愛一樣。

「你陪在我身邊，還為我彈奏早已放棄的鋼琴，一想到這些行動都是為了我，我就好高興。因為我……」

現場頓時一片寂靜。雨勢繼續增強，打上地面時發出漣漪般的聲音。

咲葵泛紅的眼眶再度湧上淚水並說道：

「……我一直都看著你。遠在羽柴找到我之前，我就喜歡上羽柴了。」

♫

雨勢過了一夜也未曾停歇，從昨天持續至今的豪雨似乎還創下了紀錄，聽說是暌違五年的豪雨。

【從昨天下到今天的雨，好像是五年一度的紀錄性豪雨耶。話雖如此，五年一度的豪雨，十年一度的颱風，不覺得每年都會看到類似的標題嗎？】

「……不行。」

近況報告，普通閒聊，本想聊這種簡單日常的對話，訊息卻總是打了又刪。

今天我到底打開幾次寫著【咲葵】的聊天頁面了呢？

「……我一直都看著你。遠在羽柴找到我之前，我就喜歡上羽柴了。」

昨天咲葵這麼說，但最後她沒有告訴我這話是什麼意思。不管是好像很久以前就知道我是誰的那種語氣，還是她喜歡我這件事，都讓我無法置信。

儘管如此，之後跟她的對談內容也十分發人省思。

「羽柴，你一定只是把理想強加在我身上而已，你愛上了戀愛的感覺。讓你感興趣的並不是我，只是你心中的戀愛感情。你只想汲取未知的體驗來拓展自己的表現。」

「你永遠都是一名演奏家。」

她這麼說。

我不懂妳的意思，沒這回事。就算我為自己叫屈，咲葵也只是搖搖頭，淡然地說：

「羽柴，你只想明白戀愛感情而已。」

「哪有這回事……我是真的對妳……」

「看吧，你說不出口吧？」

「……」

我沒辦法將潛藏心底的那些話說出口。

「羽柴，你到現在都沒跟我提過喜歡或交往的請求，為什麼呢，因為你一開始就沒那個意思。讓你一見鍾情的肯定不是我，而是自由演奏的演奏家，那是你對自己無比嚮往的模樣所抱持的好感。」

有種穿過五臟六腑，我這個人的核心部分被不假思索狠狠貫穿的感覺。

咲葵這番話，彷彿要摧毀我內心的某個角落。

「沒有……這回事。」

即使如此，我依然否定。

我不想承認自己是用那種自私的眼光看待咲葵，也不想把最初心中那股略帶苦澀的淡淡情愫視為虛物，我想說這不是單純的憧憬。

「那要跟我交往看看嗎？以戀人的身分好好站在我身邊？」

儘管如此。

面對這個提問，最後我連點頭都做不到，一句話也說不出口。

看到咲葵露出落寞的苦笑，我心中只有說不出的苦楚。

咲葵說的最後一句話填滿了我的腦海。

——不能被困在過去，否定自己的一切喔。

我嘆了口氣，讓身體沉入床內。

甚至覺得窗外的滂沱大雨在禁止我外出，催促我盡快冷靜思緒。

我無法參透咲葵說的那些話。她的口氣就像很久以前就認識我，甚至還暗示連我的過去都一清二楚。

我也不明白咲葵的心意。她說她喜歡我，我卻從沒看過類似的行為舉止。

如果真如咲葵所說，我只是對憧憬抱持愛意的話，那咲葵喜歡我的心情又算什麼呢？

我想了又想卻找不到答案，便將臉埋進枕頭。

「啊～！」

感覺快被難以形容的感情給吞噬，我只能對著枕頭放聲吶喊。

我想做點什麼平復思緒，便將手伸向之前買的文庫本。

雖然看了電影，但我還沒看完原作，我記得電影和小說的劇情從中途就出現分歧，迎來了不同的結局。

於是我讓自己沉浸在別人創造的故事中，藉此逃避自我。

結果中午過後我就把書看完了，只能無所事事地發呆。

「唉……」

這是第幾次嘆氣了呢？俗話說嘆氣會讓幸福溜走，但幸福的人根本不會嘆氣，會嘆氣的絕大部分都是心懷不滿或有問題的人。我甚至覺得今天這些名為幸福的嘆息是被某個陌生人吸走了，我可能間接為某人帶來了幸福。

思考這些無聊至極的事情，時間也毫無進展。越在意時間的人就覺得時間過得越慢，看來此話確實有理。如果是在苦等某個確切的事物也就罷了，但我只是毫無意義地等著根本不會來的人的聯絡，所以已經是無藥可救了。

在獨處時間等候某個特定人物的聯絡，除了戀愛之外還能是什麼？

書的內容也是安定的戀愛小說形式，還有個完美大結局，這種媒體只會助長想見她的心情而已。此刻我才後悔當時選擇了戀愛小說。

但就算墜入情網，我的戀情真的可以開花結果嗎？過去一心只想向雫贖罪的我，有資格追求自己的幸福嗎？這股糾結也在我心中蔓延生根。

我就這麼耗費大半時光，在家裡待到夕陽都西斜時，早就被我扔到一邊的手機竟傳來震動。

我急忙跑過去確認通知。我登記在手機通訊錄的電話不多，會聯絡我的人只有父母、騷擾訊息還有她而已。

螢幕上顯示著「咲葵」二字。

連忙確認內容後，發現訊息內容只有一行字，而且指定了某個地點。

指定地點並非我與咲葵經常碰面的學校，而是照理來說沒有一起去過的，我的回憶之地。

間奏　愛之悲

過去的我對他人沒有任何執念。

每個人都無法獨自生存，但我這人從小就很自立，把自己當成全世界。性格冷漠又不太會擺笑臉的我，身邊根本沒有稱得上朋友的人，我也知道學校老師背地裡都把我當成難搞的學生。

我會變成這樣的人，當然是源自於我的父母。

自從我懂事以來，父母就嚴重失和，這樣的父母勢必會對我採取不聞不問的放任主義。我沒有「在家被虐待，在校被霸凌」這種悲壯的遭遇，每個人都把我當成空氣，所以我能斷言自己沒有任何受害的記憶。

儘管如此，我依然明白自己不是幸福的人，我真的明白。

我從未背負過萬眾期待的重擔，卻也嘗不到被稱讚的喜悅，所以我對任何事都提不起勁，能找到樂趣的事更是少之又少。

「我為什麼要活在這世上？」

這個念頭在我腦海中閃過無數次。

這麼說吧，過去的我並不是活著，用「只是還沒死掉」來形容比較貼切。

所以對我來說，那個人的溫暖具有價值，賦予了我生命的意義。

那個人不但對我釋出純粹的善意，提出讚美，還教會我喜悅及快樂。

他讓我認識了音樂，想要學鋼琴，也交到了朋友。我會想要活下去，覺得自己「還活著」，全都是因為他的溫柔善意。

所以我也無可避免地逐漸對他產生憧憬以外的情愫。

「妳好。」

他瞇起眼睛露出溫柔笑靨。

我努力壓抑如雷的心跳聲和狂湧而出的喜悅。

「你好。」

好不容易才說出同樣的問候。

第四次。

這是我和他像這樣在鎮上的小型演奏廳欣賞音樂的次數。

前兩次是偶然，但第三次是預測他的行動後特地到演奏廳去見他。這次我也掌握了他的行蹤，故意製造偶遇的機會。

雖然只有演奏會的短暫片刻，卻是無需任何藉口能與他共處的唯一時光。

今天的曲目也一如既往地是鎮長喜歡的五首知名古典樂，以及一首不知名的曲子，共計六首曲目的雅致演奏會。演奏會不定期舉辦，大部分的觀眾都是當地的常客。

他似乎很喜歡欣賞這個演奏會，是單純喜歡曲目嗎？性格沉穩的他的確很適合這些古典名曲。

開始學琴後，為了獲取靈感，我也經常來欣賞演奏會。

和他碰面後，我們會坐在隔一個空位的鄰近座位享受音樂。雖然途中不會交談，我的大半記憶也都是他偶爾傳來的氣息聲，但碰面和離場時的問候，已經成了我日常生活中最大的樂趣。

但人類是欲求不滿的生物，我也不例外地渴望更多。第四次的今天，光是問候已經無法滿足我，於是我決定自己主動搭話。

我應該像平常那樣，聽完音樂後和他簡單交換心得，沉浸在餘韻之中，在變得更加蔚藍的天空下說完「再見」後，就抱著下次還能見面的期待與他道別。

但走出會場的他正準備開口說出「再見」時，一向沒什麼主見的我用盡全力喊了他一聲，冒昧地打斷了他的話語。

光是像這樣開口挽留他，就已經盡我人生中最大的努力了，我卻貪心地想說些囂張的話。

「怎麼了？」

他疑惑地歪著頭，我卻因為太過害羞和緊張沒能看清楚。

我用指甲都要嵌進肉裡的力道緊握拳頭，努力逼出勇氣。

他是我生存的意義，所以失去這段能共處的短暫片刻可是損失慘重，但如果我能用這僅有的勇氣延伸這段時光的話……

我想像著自己成功的模樣，狠下心說道：

「下個星期天！請來最近的車站！」

我知道自己說得沒頭沒尾，但把這句話說完就是我的極限了。

抱著自暴自棄的心情。

或許該先問問他的聯絡方式，或是再冷靜點談妥碰面的細節，但以我當時的人生經驗根本想不到那些選項，只能說出那種話。

我逃也似地加快腳步離開現場。

同時祈禱身後傳來的那句「了解」不是我一廂情願的幻聽。

chapter.04

半夢半醒的記憶

あの夏、夢の終わりで

恋をした。

八月八日

結果黃昏時雨就停了，這讓我感覺有點傻眼，不禁想問問這算哪門子紀錄性豪雨。

我走在久違的道路上，以前還在學琴時我經常走這條路，也還清楚記得妹妹雫總會走在我的左側。

咲葵指定的地點，是我幾年前經常前往的小鎮演奏廳。以前父母帶我去過之後，當時還是小學生的我依然會獨自前往，甚至還認識了幾位常客。

我很喜歡那場演奏會。雖然都是鎮長基於個人喜好安排的固定樂曲，但每一首曲風都很沉穩，大大影響了我的演奏風格。

儘管如此，自從妹妹車禍喪生後，我就再也沒去過了。

我沒有特意閃躲，但還是會在不知不覺間刻意避開通往那個演奏廳的路。這個城鎮處處都是雫的影子，也讓我覺得難以安身。

咲葵怎麼會約我到那種地方呢？

走著走著，一如往昔的懷舊街景和煎熬思緒依舊讓我苦不堪言，彷彿被迫面對妹妹的死亡般，渾身顫抖不已。

我盡可能低著頭往前走，目的地才終於映入眼簾。

演奏馬上就要開始了，小型演奏廳裡的觀眾卻還是稀稀落落的，甚至讓人擔心這種慘澹的狀況怎麼有辦法長年經營下去。但因為觀眾稀少，寧靜且幽暗的場內跟那些沉穩的樂曲十分契合，我記得當時的自己很喜歡那種氛圍，心中充滿了懷念與苦澀。

我懷著膽怯的心來到演奏廳後，就看見前方那個熟悉的修長女性身影。

光是見到咲葵，方才充斥內心幾乎要將我擊垮的不安情緒頓時煙消雲散，轉變成再次相遇的喜悅。我對自己的單純露出苦笑，並走到她身邊。

「啊，羽柴。」

「嗯。」

「不好意思，忽然約你出來。」

「沒事，別放在心上。」

我反而在等妳約我——這種肉麻至極的話我當然說不出口，努力壓抑浮躁的心情若無其事地回答道。

「但妳怎麼會約我來這裡？」

「啊～這個嘛。」

咲葵有些欲言又止，接著又露出一抹羞澀的笑。

「因為我很擔心啊，害怕往後再也見不到羽柴了，想著想著就忽然很想見你。可是我沒辦法跟你好好面對面溝通，才會約你來這裡。」

「原來如此。」

我也一樣。有點討厭無法好好表達心情的自己。

「總之先進場吧。」

「好。」

咲葵踏著熟練的步伐走進演奏廳，可見她也是這裡的常客。

來到櫃檯後，感覺慈祥的中年男性親切地喊了她一聲「咲葵」。沒想到連櫃檯人員都認識她了，讓我有些驚訝，她則熟門熟路地準備購票。

「叔叔，我要兩張票。」

「謝謝惠顧，那位是男朋友嗎？」

「啊，不是……」

面對這尷尬的提問，我沒說什麼，只是簡單點頭致意。

「是學校的學長啦，不是男朋友，是我喜歡的人。」

「啊啊，這樣啊，居然敢在本人面前說這種話，咲葵真是大膽呢。」

「我昨天才跟他告白，所以無所謂。」

兩人持續進行這種讓我不知如何反應的對話，我也變得越來越尷尬。此外也發現了衝擊性的事實，原來昨天她是在對我告白嗎？

買了兩張票後，我們進入會場。充斥著寧靜與獨特緊張感的感覺正是演奏廳特有的氛圍，我久違地體會到這種氣息。

「我給妳票錢吧，多少錢？」

「不用啦，是我約你出來的，而且已經算我半價了。」

「是嗎？」

「嗯。鎮長希望年輕人也體會到音樂之美，只要出示學生證明，就可以用學生優惠買到半價。」

「原來如此。」

話雖如此，剛才好像沒看到咲葵出示學生證之類的東西。

「我是靠臉過關啦，跟我一起來的羽柴也適用學生優惠喔。」

可能讀出我的心思了吧，她如此說明。

「妳好像經常來這裡啊。」

「國中以後就常來了。」

那我也同樣是國中時期來的，或許我們曾在無意間擦肩而過。

她選了個可以清楚觀察鋼琴伴奏指法，卻又不會離太近的絕佳位置，我記得以前來的時候也會坐在這裡。

確定她入座後，我覺得直接坐她旁邊有點奇怪，便與她相隔一個空位。

結果那一瞬間，我差點就要說出「妳好」這兩個字，緊接著大腦也提醒我這個場景似曾相識。

這就是既視感嗎？因為腦海中沒有清晰回想出那個場景，我決定不要多想，她在一旁說的那句話反而奪走了我的聽覺。

「我剛剛說的是真的。」

「剛剛？」

「昨天我確實跟你告白了。」

說完這句話後，咲葵就重新轉向前方，彷彿絲毫不在乎我的心情。

隨著演奏者入場，現場響起了零星的清脆鼓掌聲，我也將注意力開始轉移到音樂上。

共有六首曲目，以德布西的〈月光〉拉開序幕，過去那些偉大作曲家譜出的名曲點綴了整個會場。每次都是相同的曲目，所以雖然是演奏會，卻沒有發放場刊。

以ＦＡ和降ＬＡ雙音為始的第一個音響徹了靜謐的會場，場內便立刻與這股音色融為一體。腦中浮現出自己正茫然眺望月光倒映在水面的情景，演奏者則是將這股寂靜中的朦朧美轉換成音符。

我不經意地看向一旁，發現咲葵也正同樣看著我，兩人就這樣忽然四目相交。結果咲葵露出一抹淺笑，彷彿在說「很高興你能陪我一起來」，讓我忍不住心跳加速起來。

在演奏會這種極度心平氣和的環境中，會像這樣心跳加速情緒激昂的人，一定只有鋼琴演奏者和我而已吧。

聽完所有演奏後，心情才平復不少。欣賞完音樂後還得好好享受後續的餘韻，才算是完整的音樂鑑賞。

一旁閉著眼緩緩嘆息的咲葵似乎也一樣，我們沒有交談，彼此間瀰漫著同樣在享受餘韻的舒適沉默。

觀眾陸續離場，我和咲葵卻沒有起身，體會餘韻到最後一刻。直到場內只剩我們兩人，我們才終於離開現場。

「今天的演奏中，我覺得第四首最精采。」

離開會場後，我們在早已轉變為夜世界的深藍色天空下交換心得，起初的尷尬氣氛到此已然消散。

「拉威爾真的很棒，我也覺得那是今天演奏中最棒的一首。」

出聲贊同後，咲葵疑惑地歪著頭問：

「那是作曲家的名字嗎？」

「對，拉威爾是法國代表性的作曲家，剛才那首是他的代表作〈為已逝公主的孔雀舞曲〉。」

「是送給已逝公主的曲子嗎？」

「這就不曉得了。雖然眾說紛紜，實際上只有本人才知道。不對，就算他現在還活著，可能連他本人都不知道。」

聽我這麼說，她一臉不解。

「為什麼？」

「啊啊，聽說拉威爾生前曾經喪失記憶。」

「喪失記憶……」

「沒錯。」

咲葵彷彿若有所思般呢喃著「喪失記憶」一詞。

「但也正因為拉威爾曾經如此，才有各種傳聞。」

我想改變她有些落寞的側臉，便聊起某個話題。

「傳聞？」

「不過這說起來極度客觀，而且有點無藥可救的感覺。」

「嗯，說來聽聽吧。」

「好吧。拉威爾年過五十後就患有記憶及語言障礙，據說在少數偉大的作曲家當中，他的人生也過得相當悲慘。」

「嗯。」

咲葵神情嚴肅地點點頭，催促我繼續往下說。

「但拉威爾即使喪失記憶，依然深受音樂的魅力吸引，就算患有語言障礙無法寫字，還是能依靠優秀的聽覺享受音樂。當時拉威爾遇見了一首特別的曲子。」

我刻意嘆了一口氣，暗示接下來就是話題的高潮處。

「拉威爾聽到那首曲子時，似乎感嘆道『我從未聽過如此優美的樂曲』。」

「是什麼曲子？」

咲葵拋出了我預料中的問題，讓我獲得了些許滿足感，並繼續說道：

「就是〈為已逝公主的孔雀舞曲〉，拉威爾居然面不改色地把自己的曲子形容為優美至極的樂曲。聽了這個故事後，我真心覺得他帥呆了，因為他能極度客觀地看待過去的自己。竟然留下了連未來的自己都讚不絕口的作品，真的太帥氣了。」

「真的耶。」

我說得慷慨激昂，咲葵的反應卻完全相反地十分冷淡。我想她可能對這話題不感興趣，偷偷瞥向她的側臉，但她將頭髮塞在耳後，表情相當嚴肅。

「我……」

「怎麼了？」

她似乎有話想說，用傾訴的眼神望著我。

「我希望自己在羽柴心中的地位能像那首曲子一樣……」

這句話難以理解且語意含糊。

「沒有，還是算了，別放在心上。」

咲葵用不准追問的口氣止住了我的嘴。

但我還是該在這一刻問出那句話的真正涵義才對。

為了避免氣氛再次鬧僵，我拋出另一個話題。

「謝謝妳今天找我過來。」

我自然而然地道了謝。過去我總是逃避這個地方和音樂，是咲葵再次將我帶領過來。儘管現在仍無法消除對妹妹的罪惡感，但能認清我依然喜愛音樂，也是因為有她的陪伴。

「我只是約你出來而已。」

「但若不是妳開口邀約，我這輩子可能都不會再來了，所以很感謝妳。」

我的口氣無比真摯。

過去的每一天，我都極力避免接觸他人釋出的感情，其中也包含了感謝之情，我很害怕直接面對這種情緒。我總是懷抱著「我這種人哪有資格……」這種夾雜了絕望與罪惡感的心情，遲遲不敢與他人交心。

這樣的我竟主動直接地表達感激，面對這份純粹的情緒。

我對自己的成功感到高興，也意識到自己對唯一一個能讓我坦率面對心情的對象產生了無比的憐愛感。

換句話說，我果然很喜歡日向咲葵。

我想好好珍惜這份前所未有，純粹又迫切的感情，也想告訴眼前的她：我對妳是這種心情喔。

我走在平凡無奇的道路上，心想該如何對她表達，但不管如何揀選台詞都道不盡我的一片真心。思及此，我認為簡單的詞語才是最佳選擇。

眼前有座路燈，我知道走到路燈下能看清彼此的神情時再當面告訴她很裝模作樣，但不知為何那幾秒就是讓我急不可待。此刻我心中充滿了近乎確信的某股衝動，認為當下就是最好機會。

「咲葵！」

這應該是我第一次確實喊了她的名字。我在腦海中想像她被我鄭重其事的態度嚇了一跳，有些吃驚地轉頭看我的模樣。

但實際上並非如此，聽見我喊她名字後，咲葵轉過頭用食指壓住我的嘴唇，露出有些困擾又歉疚的表情。

「不行喔，不可以說。」

彷彿看穿了我的心緒。

儘管如此，這種制止對現在的我來說一點用也沒有。感情無法用邏輯解釋。雖然我總是在摸索最佳選擇，此刻也將這股理念扔在一旁，說什麼都想將現在的心情告訴咲葵。

「不，拜託妳聽我說。」

見我不同於以往，有違平日作風的強勢態度，咲葵那雙清澈的眼中浮現出驚愕與動搖。她再次用嘴型說出「不可以」，但這三個字還來不及化作聲音傳到我耳邊，我就已經說出口了。

「我喜歡咲葵。」

我說得毫不猶豫，斬釘截鐵，讓她無法說出「沒聽見」的藉口。即使已經告訴過妳了，但不管多少次，我還是要說喜歡妳。

「咲葵，雖然妳同意讓我只在暑假期間以協助參加演奏會的名義陪著妳，但我希望暑假結束後也能跟妳在一起。」

而且除了好感之外，我連自己的願望都一併說了，因為我覺得錯過這次機會就再也說不出口。

假設過去也好，往後也罷，我都有無數次選擇的機會，所以人生就是不斷地選擇取捨。以往我的選擇都是為了自我防衛，也總是以此為基準作出選擇。眼前這個女孩原先的困惑神情逐漸瓦解，彷彿下一秒就要落淚，我希望往後所作的每一個選擇，都是為了能和她在一起。

所以我決定用這句話，當成為了和咲葵在一起的第一個選擇。

「和我交往吧。」

這句愛的告白毫無創意又老套至極，我卻覺得是最完美的說法。因為我想傳達的心意，還是得歸納成這句平凡無奇的話語。

市郊的道路上充滿寂靜，感覺我的聲音能響徹遠方。

彷彿緩緩陷入寂靜般，我的心也歸於平靜。雖然對自己親口說的話有些羞恥，我卻沒有絲毫悔意。

「嗚嗚……」

起初聽見的是微微低著頭的她發出的嗚咽聲。她低下頭，在路燈反射下散發微弱光芒的淚珠滴在她腳邊，在地面上留下痕跡。

「咲葵……？」

「不，沒有，沒什麼，我只是很開心。」

咲葵這麼說，對我喜歡她並向她告白一事喜極而泣。

「聽到這麼直接的告白，哪有辦法拒絕啊。」

隨後她瞬間看了我一眼，又將臉埋進我的胸口，彷彿不想讓我看到她的哭臉。她將雙手繞到我背後把我整個人拉向她，接著又將下巴靠在我肩上，用輕柔的耳語低聲說：

「我也對羽柴，不……透，我也喜歡你。」

聽見這句話，我也自然而然用手臂圈起她纖瘦的背。

我跟咲葵就這樣變成了戀人。

但我如果觀察得更仔細，能看出她那一瞬間的表情不是喜極而泣的話，或許情況會有所轉變吧。

♫

早上起床、洗臉、吃早餐，光是做這些例行公事，心情就覺得無比暢快。

我有違平常的作風，動不動就嘴角上揚，在鏡子裡看見自己的臉時，甚至沒辦法一眼就認出那個滿臉憨傻的人是我自己。

我交到女朋友了。

日向咲葵這個名字雖然有點浮誇，但她充滿魅力，我可能還配不上她。

腦海各處不時會浮現出咲葵的身影，每一次都能讓我的思緒愉悅起來。

但我還是無法消除對過去的罪惡感，懷疑自己是否真能如此幸福。不管我再怎麼雀躍，這個念頭依舊揮之不去，宛如擦不去的汙垢般縈繞在腦海中。

我想將所有經歷和根深柢固的罪惡感全部都告訴她，她可能會覺得我這個男人太沉重，對我敬而遠之吧，但我似乎沒有精明到可以同時帶著好感和罪惡感跟她交往。

我像以前那樣前往學校的音樂教室，今天是我約咲葵出來。

雖然提早抵達，但我心想可能會有人在，於是姑且敲了敲門。

「……」

等了幾秒後無人回應，我便判斷是我先到並打開門。

「……哇啊！」

結果一走進音樂教室，率先映入眼簾的是張開雙臂擺出威嚇姿勢的咲葵，看來她似乎比我早到。

「……」

「……」

一陣沉默後，她的臉緩緩染上紅暈。

咲葵擺出那個姿勢應該是準備要嚇我，結果她慢慢放下雙手，最後還將臉別向一旁。

「你說句話啊！」

惱羞成怒了。

「妳來了啊。」

「什麼『妳來了啊』！」

「妳在幹嘛？」

「我要嚇你啊！看得出來吧！」

典型的惱羞成怒。

「為什麼又要嚇我啊？」

「因為交往後第一次約會居然是在音樂教室耶？我本來都準備好要稍微嚇嚇這個無趣至極的男朋友了，你卻一點反應都沒有啊。」

「啊，這……真不好意思。」

原來在咲葵眼中，我是把第一次約會選在學校的人啊，這完全是我的責任，我為只考慮到自己的膚淺思維深刻反省。

「但妳為什麼想嚇我啊？」

「……我在影音網站上看到女朋友嚇男朋友的影片，覺得很有趣嘛。」

很像是咲葵會對待男朋友的方式。我明明那麼興奮，卻從沒想過身為戀人該做點什麼。我覺得這樣的自己很丟臉。

「算了，我本來就覺得透很遲鈍～」

咲葵將臉別向一旁，用賭氣的口吻這麼說。這副模樣看起來可愛極了，讓我不禁笑了起來。她可能有刻意提醒自己直接喊我名字吧，這也讓我很開心。

看了我的態度，她把嘴巴嘟得更尖，也不肯跟我四目相交。

「抱歉抱歉，聽到妳喊我名字，我太開心了。」

「名字？」

「對啊，妳不是喊我透嗎？我想妳是不是有意識地以戀人身分這樣喊我。」

昨天我告白的時候，她也喊了我的名字，我想這段關係一定是從那一瞬間開始的吧。

「這種話不必特地說出來啦。」

「可是我很開心啊。」

「是喔～那真是恭喜你啊～」

咲葵說得氣呼呼，嘴角卻緩緩上揚，我可是看得一清二楚。

咲葵臉上已經完全看不出演奏會甄選失敗的影子了，甚至像是完全不在意的感覺，所以我也沒打算主動提起這件事。

「今天是因為有話想跟妳說，想找個安靜的地方才會選在這裡，所以不能算是第一次約會。」

「不對，不管是什麼理由，都是透開口邀我的，所以這是約會。」

「真是頑固……」

聽到我的輕聲埋怨，咲葵便對我拋出銳利的視線。

「我有聽見喔！那回去的時候帶我去別的地方吧，簡單的地方也行，這樣我才要好好聽你說話。」

這樣就變成咲葵約我而不是我約咲葵了吧，心中雖然湧現出這股疑問，但我決定別想太多。我沒理由拒絕咲葵的提議。

「好吧，但也請妳聽我說幾句，如果有什麼想法也儘管說。要是因此想跟我分手，也麻煩妳老實告訴我。」

咲葵坐在鋼琴椅上，我坐在窗邊，準備要好好談談。

「才交往第一天，別提到分手的可能性啊。別擔心，我不是抱著玩玩的心態跟你交往的，你可以對戀人多一點信任。」

聽到咲葵堅定的語氣，我才開始訴說自己的心情和經驗談。

「謝謝，那我就說了。」

我努力回溯記憶，盡可能詳細地將不想說出口的那些過去告訴咲葵。但以往找不到人傾訴的這些事，現在終於能告訴心中最重要的那個人，讓我感受到難以言喻的喜悅與安心感。

「我在兩年前出過車禍，那時候……」

咲葵一臉沉痛地聽我訴說。兩年前遭遇車禍，妹妹雫在車禍中喪生，之後家人變得冷漠疏遠，在車禍當下沒能救回妹妹讓我後悔莫及，一個人悠悠哉哉地過著原本雫該經歷的生活，也讓我充滿罪惡感。

我把這些事全都告訴咲葵。

「……」

咲葵聽完後一言不發地走到我面前，毫不遲疑地將我擁入懷中。

她一句話也沒說，沒有「一定很難受吧」這種同情之詞，也沒有「往後還有我在」這種安慰的話。她應該知道我渴望的不是無形的詞語，而是確切的行動。

咲葵抱著我，並用梳理頭髮的動作輕撫我的頭。一想到被年紀小的女孩子這麼做，就覺得自己很沒用，但這股安心感實在讓我難以抗拒。從內心深處暖上來的感覺，讓我心癢又放鬆。

「所以透這兩年都沒跟朋友出去玩，也沒談過戀愛嗎？」

鬆開我的身體後，她這麼問。

「是啊。後者不只兩年啦，我這輩子都沒經歷過。」

「是喔～你沒談過戀愛啊。」

咲葵說得有些落寞。

咲葵感覺經驗很豐富，得知我到這個年紀卻沒談過戀愛，她可能覺得不勝唏噓吧。

「咲葵，妳談過戀愛嗎？」

我知道問這種問題只會換來空虛，卻不得不問，心中也默默期盼她或許會說自己沒談過戀愛。

「嗯～有是有啦，但不是你想像中那種正規的戀愛。我不像外表這麼有經驗。」

雖然她這麼說，我還是對她談過戀愛一事有些失望。可能是看出我的心思了，咲葵露出看似惡作劇的笑容。

「放心吧，透是我第一個戀人。」

這句話聽起來甜蜜至極，在我的耳朵深處迴盪不已，讓我不禁把咲葵當成異性看待。這對戀人來說是理所當然的行為，不知為何我卻心生愧疚，覺得有些對不起她。

「聽了我的過去，妳不覺得嫌棄，或是想跟我分手嗎？」

「不會因為這個理由分手啦，但想到以後要怎麼站在戀人的立場跟你相處，就覺得有點頭痛。」

她說的是我對過去抱持的罪惡感吧。要如何在不刺激罪惡感的前提下和我交往，確實是一大難題。

「下次跟我說說妹妹的事吧，我想知道她是什麼樣的人。」

「咦？」

咲葵發自內心的言論遠超出我的預期。

「你不想說的話我也不會勉強，但既然是透這麼寶貴的妹妹，我就想多了解她。」

「寶貴的……妹妹……？」

「我說得沒錯吧？不寶貴的話，你怎麼會背負這麼重的罪惡感？」

寶貴啊……我從來沒用這麼正向的思考看待自己抱持的罪惡感。她的想法彷彿在提示我根本不會想到的可能性，讓我覺得新鮮又有趣。

最後咲葵沒有再多說什麼。她或許對我的過去有些想法，又或許沒有，但這些話似乎沒有造成負面影響，讓我鬆了一口氣。

後來咲葵像是要把話題帶過般彈了一會鋼琴，心滿意足後便提議要換個地方。

離開學校走了一會，我們找到一家氣氛平靜的速食店，咲葵馬上興奮地說「就去這裡吧」，我也順著她的意。

簡單點完餐後，我們移動到店內角落的座位。不管是電車、店家或學校教室，我都喜歡不會跟他人密切接觸的座位。

「那你也不會像這樣跟別人放學後去吃飯囉？」

「嗯，真的很久了。」

已經暌違兩年沒跟別人來速食店用餐了吧。雖然我從以前就沒什麼朋友，但還是有能一起吃飯的對象。

「嗯嗯，以後我想跟透做的就是這種事。」

「這種事？」

我不禁歪著頭重複她說的話。

「過去你因為罪惡感沒能做的事情，就和我一起做吧。」

聽她這麼說，我覺得有些暈眩。

不是與罪惡感共存，而是勇敢面對，這就是咲葵要表達的意思吧。居然能用這麼輕鬆的口吻談論我這兩年完全做不到的事，我真是自嘆不如。

她的眼神似乎在說「別擔心，有我在」，讓我內心無比踏實。

「以後就跟我一起『清算人生』吧。」

「清算……人生……？」

「對，之後我們要把透心中的罪惡感逐一消化，去跟透的過去相關的地方好好清算。等到你全部接受之後……」

說到這裡，咲葵稍作停頓再重新開口。

「我們就重新交往吧。等透克服了罪惡感，我才能真的變成你的戀人。」

「咲葵……」

「你也不需要不能一起度過難關的戀人吧？我自己是沒辦法認同啦。等到度過難關之後，我才能承認自己是透的戀人。」

我難掩驚訝，沒想到她的心意如此堅決，不但認真思考我的難題還想辦法解決，這個事實讓我開心得不得了。

「所以在那之前，我跟透是草約關係，戀人草約。」

「草約啊。」

「沒錯，我會盡其所能，所以透也試著勇敢面對吧？」

換句話說，她是要我一一正視心中的罪惡感吧。雖然我很想躲避這個大難題，真要說的話也像是要拼湊出高難度拼圖一樣困難，但如果有咲葵陪我一起尋找拼圖碎片，我覺得自己好像辦得到。

「知道了，我會勇敢面對。」

既然咲葵願意認真為我考量，我也用力點點頭決定好好面對，而不是一開始就選擇逃避。

回到家後，空無一人的晦暗寂靜就迎面而來，我已經習慣了。失去雫以後，爸媽越來越常一起到外地工作，只要我不在，這個家經常都是空殼狀態。爸爸或媽媽偶爾會出來迎接我，但每次都像打游擊一樣，跟以前相比多了幾分生疏感。

家族分崩離析的事實越來越明顯，待在家裡的罪惡感比以往又多了幾分，但我還是得勇敢面對這份思緒。

我來到家中的佛壇前說了一句話。

「我真的可以追求幸福嗎……」

當然沒有人回答我的問題，而這句話依然會帶給我龐大的罪惡感。

我可以拋下死去的雫獨自追求幸福嗎？這個想法始終在腦海中縈繞難以抹滅。

我像這樣渴求幸福，真的是最好的選擇嗎？

家裡永遠只有我一個人，我也無心放洗澡水，便用淋浴洗去一天的汗水，再讓自己倒進房間的床內。

我凝視著天花板上的某一點，回想咲葵之前對我說的話。

——戀人草約。

她說直到我接受心中的罪惡感，才能承認自己是我的戀人，我居然讓她背負了如此重擔。儘管如此，她還是答應會陪在我身邊。

她會永遠陪著我，必要時什麼都願意做，連這種略帶風險的話她都敢說出口。為了你我願意付出一切——感覺她話中隱藏這股涵義，宛如在肯定我這個人的存在，讓我非常開心。

這時我想起咲葵對我說的另一件事，便拿出手機想記錄下來，結果剛好收到一封訊息，就像在催促我正準備要做的事。

【我猜你可能忘了，所以再提醒你一次。清算過去的時候，當時後悔的種種也是非考量不可的要素，所以我希望你把以前那些後悔一一列出來，不用太詳細也無所謂。】

咲葵每次都出難題給我。就算我總是慎重其事地作出最好的選擇，後悔的事也多到雙手都數不完，所以現在心中的懊悔也堆積成山。
但我認為這是必要之惡，便把依舊殘留在記憶中的那些後悔盡量列舉出來。

間奏　為已逝公主的孔雀舞曲

我雖然和父母不親，還是有幾段和父母的回憶。

在寥寥可數的回憶中，父母唯一一次帶我去了某個地方，那裡也成了我印象最深刻的地方。

把我眼前全都染成黃色的向日葵花田，就是我的回憶之地。

「妳就是在這裡出生的喔。」

母親這麼說。

當時我不懂這話是什麼意思，但或許是父母與孩子間的訣別之詞，暗示「家裡不是妳該待的地方」。自那天起，父母就不曾喊過我的名字。

儘管如此，在我的記憶保存庫中，那裡依然是回憶中最耀眼的地方。因為是父母主動帶我出門共度親子時光，我才會對那裡產生美好濾鏡。

後來我不斷要求想再去一次向日葵花田，父母卻從來沒理過我。結果直到我學會搭電車，到了可以獨自行動的年紀以後，我才又去了那片花田。

我一定是想把那個地方以最美好的回憶留存在記憶當中，才想帶他過去吧。

或許我是想在記憶被改寫風化，變得討厭那個地方之前，用與他共度的時光覆蓋舊的回憶，在心中為這個地方留下特別美好的回憶吧。

現在是早上八點。因為沒告知集合時間，所以我提早前往最近的車站，這樣他什麼時候來都無所謂。

他真的會來嗎？來了會覺得是浪費時間嗎？會對平常的我形象破滅嗎？今天的服裝很奇怪嗎？這些煩惱在腦海中不斷翻湧，衍生出不安的情緒，儘管如此……

「還是很期待。」

不經意說出口的這句話，是我最真實的心情。

「期待什麼？」

沒想到他竟出現在我面前。

「……！」

「等很久了嗎？」

他有些憂心地盯著我的表情。被他這麼一看，平常總低著頭的我把頭垂得更低了。

怎麼辦怎麼辦，他就在我面前，聽到我單方面的請求居然真的來見我了。明明沒說集合時間，他未免也太早來了吧。啊啊，得給他答覆才行。

「呃，沒有，我才剛到。」

我在說什麼啊，這樣不就跟約會沒兩樣了嗎？羞恥之情自顧自地湧上心頭。翻湧的不安立刻轉變為緊張與動搖，又把我的心攪亂得一塌糊塗。

「那就好，我實在想不起集合時間，又覺得不能讓妳等太久，才想說早點過來看看。我們有約這麼早嗎？」

「不，那個，對不起……我忘記跟你說集合時間了。」

「這樣啊，那妳跟我一樣提早來嗎？」

「對……對啊……」

聽了我的回答，他愉悅地笑道：「原來如此～」一想到這是只在我一個人面前露出的笑容，難以言喻的幸福感便從內心泉湧而上。

「今天要去哪裡？」

「那個……呃……」

「到目的地之前要保密嗎？」

「……可以嗎？」

「真有趣，可以啊。」

每次被他溫柔以對，我就感到充實且富足。他的聲音永遠都能滿足我，他的鋼琴填滿了我的日常生活，他的聲音填滿了我的心。

這種感情一定就是愛情吧。我懷著這股淡淡情愫走在他身旁。

「那我們出發吧。」

我和他一起搭電車。往市區的電車擠滿了學生和上班族，相較之下離開市區的電車卻幾乎沒有乘客，可說是包車狀態。

「不是要去市區啊？」

「對，要去有點遠的地方。」

我和他隔了一小段距離坐在椅子上，電車緩緩行駛，或許是因為乘客不多，感覺速度比平常還要緩慢。我不禁心想：難道這台電車也是剛起床還沒睡醒嗎？

我們就這樣換了兩班電車又轉搭公車，才終於到達目的地。

這個地方我已經來過好幾次了，但光是旅途中有他的陪伴，就覺得抵達的速度比平常快得多。

「花田？」

聽到他單純的疑惑，我點點頭。

「向日葵花田。」

「很有夏日氣息呢，真不錯。」

我本來以為男孩子可能對花田沒興趣，但他臉上沒有絲毫嫌棄，雙眼還興奮到閃閃發亮。

「這裡對我來說意義非凡，但我也想找機會和特別的人一起來。」

話一出口我才覺得不妙，說溜嘴也該有個限度吧，就算他把這句話當成告白也不奇怪。

「這樣啊，那我可要好好期待一番了。」

但他卻若無其事地這麼說。是察覺到我的心意卻刻意不提嗎？還是壓根沒注意到呢？

看到幾千株高大的向日葵並列的壯闊景象，他震驚到說不出話。彷彿渴求日光般拚命上仰的繁花，甚至像在享受夏日的暑氣。

「太酷了吧！」

說完他就衝進向日葵花海中，活潑的模樣跟彈琴時的冷靜敏銳大相逕庭，有幸看見他未知的一面，讓我開心不已。

瘋了一陣後，他臉上沁出了汗水與疲勞。我把商店買來的彈珠汽水瓶遞給他，他向我道了聲謝，就一口氣喝個精光。

彈珠在汽水空瓶中發出「喀啷」聲。

「彈珠汽水也很有夏日氣息耶～」

我看向說完這句話並稍作休息的他。喝光彈珠汽水的喉嚨、捲起袖子的手臂、比我寬大的肩膀、高了一點的身高。依序發現這些充滿異性風格的要素後，讓我的靈魂為之震盪的心跳變得更快了，也助長了想將這份感情傳遞給他的意志。

我們吃了點輕食和刨冰，體會他所說的「夏日氣息」後，又回到被向日葵包圍的空間。

明明中午前就到了，不知不覺夕陽卻開始西沉。原本升到正上方綻放強光的太陽，西沉後就立刻變成了紅色調，彷彿將溫柔送到我們的世界

他玩得開心嗎？我才這麼想，他就說了一模一樣的話。

「今天玩得開心嗎？」

「咦……？」

「我沒什麼朋友，所以很擔心跟女孩子單獨出遊會不會出問題。」

「不，沒這回事……我玩得很開心。我才是呢，不確定你跟我單獨來這種地方開不開心……」

「很開心啊。平常我的生活只有鋼琴，甚至不知道有這種地方，所以很感謝

妳告訴我。」

他說的話和日暮時分的氛圍，為我的心染上了色彩。過去我在他人面前總是緊閉無色的心，此刻因為他獲得了戀愛的顏色。

我覺得好幸福，也期盼這份幸福能持續到未來。

再來就是一股衝動了。

「我猜你可能忘了，以前你有教我彈鋼琴。」

「我記得啊。」

他的說話聲總能讓我卸下心防。

「多虧了你，我才有所改變，每天都變得很開心，還交到了朋友。」

他用帶著淺笑的表情傾聽我的話語。

「呃，所以，我想先感謝你。」

「不客氣。」

但我想說的不是這個，我想坦承的是更加深沉，在我體內生根難以擺脫的強烈鬱悶之情。

「可是，可是，我對你不是只有感謝，那個……」

說吧，再也無法忍耐了，將這份難以自持的感情宣洩而出吧。思及此，我握緊雙手用力抬起頭說：
「我喜歡你……！」
沒想到這句話說得毫不費力。
帶有幾分強烈主張的這句話響徹了向日葵花田，感覺這句話穿過花與花之間，傳至遠處後被風抓個正著。
風呼嘯而過，沉默也隨之降臨。
我不敢看他的臉。他會怎麼想呢？我緊緊閉上眼，握緊手的力道又多了幾分，指甲嵌入掌心的痛楚敲響了內心的警鐘。
「日向咲葵。」
他喊了我的名字，我不曾告訴過他的那個名字。
「咦……」
我驚訝地抬起頭來。
「妳的名字代表盛放的向日葵，怎麼能低著頭呢。」
他指著周遭那幾排仰望天空的向日葵這麼說。
「你怎麼知道我的名字……？」
「因為我就是這麼在乎妳，不惜去跟別人打聽啊。」

他的表情染上了夕陽的顏色，並露出比以往更溫柔的笑靨。

「其實我不太懂戀人或交往這些事，但我還是想更了解妳。」

這是我最盼望的一句話。過去從來沒有人對我感興趣，最崇拜的心上人卻說想了解我。

「謝謝妳說喜歡我，我很開心，所以以後也像這樣一起去其他地方吧。如果可以的話，請妳收下這個。」

他說「是剛剛在商店買的」，並把某個東西遞給我。

「好……好……」

難以言表的喜悅湧上心頭。

根本無法控制。本以為告白後就能化解這份棘手又龐大的情感，沒想到卻獲得肯定，反倒更加膨脹了。

我的臉因為雀躍、害羞和夕陽變得通紅一片，為了掩蓋自己的表情，我衝進他的懷裡，衝上前親吻了他，他也沒有拒絕。

他送我的是向日葵造型的針式耳環，他一定誤以為這是夾式耳環吧。我還是國中生當然沒有耳洞，所以勢必要在上高中前的春假去打耳洞。

因為他當時誤送了針式耳環給我，我的穿衣風格也越來越華麗，這都是為了讓自己配得上那副耳環。

可是在那之後，給我帶來莫大影響，遲鈍到會搞錯針式耳環和夾式耳環的他，卻再也沒有和我一起出門過了。

chapter.05

如夢似幻的每一天

あの夏、夢の終わりで

恋をした。

八月十日

「為什麼要來這裡啊……」

「別那麼緊張嘛。」

咲葵拉著我前往的地方，是直到兩年前經常去的鋼琴教室。

最後我照她所說，將仍有遺憾的地點列成清單後傳給她，她只回了一句：

【明天開始我們要去很多地方，做好準備】

她所說的清算，指的似乎是面對過去的後悔並坦然接受，還說接受過去才能好好正視現在。她的言下之意應該是要我盡快清算過去再來面對她，雖然這麼做有違我的作風，我還是決定為了她努力一回。

但咲葵居然把我遲遲不敢前往的地點排在第一站，真是毫不留情，讓我十分無奈。

我在這間鋼琴教室上了將近十年的課，直到兩年前才停止，過去的我可以說是被鋼琴和後續遭遇的後悔所構成的人類吧。如果我這麼說，咲葵一定會一臉不服地說「現在跟未來還有我在啊」，我這麼想並偷偷瞥了她一眼，結果視線和她對個正著。

「幹……幹嘛？」

「還有我在啊。」

令人驚訝的是，她彷彿看穿了我的思緒，真的一臉不服地嘟起嘴這麼說。

「妳是不是超能力者啊？」

「不是啊。」

「那是什麼？」

「是透的女朋友。」

「……」

我真是服了她，只好掩飾害羞和臉紅裝得像平常一樣。

不過，真沒想到我能像這樣和別人輕鬆聊天，這也表示我對咲葵有多信任，這個事實讓我開心得不得了。

「你傻笑什麼啊。」

「我很高興能成為咲葵的戀人啊。」

我直接說出心裡話。

「我比較高興吧。」

咲葵給出回應後就把臉轉向一旁，但這模樣有些滑稽，我不禁輕笑出聲，隨後兩人都忍俊不禁笑了起來。

從沒想過能體會到如此甜蜜的心情，讓我有些動搖，但我依然覺得很幸福。原來幸福是這種心癢的感覺啊。

聊著聊著，目的地鋼琴教室也越來越近了。雖說是鋼琴教室，但其實是老師的家，房裡傳來的微弱鋼琴音色，此刻伴隨著緊張感化成重擔壓在我身上。

雫過世後我就再也沒來過這裡，用類似逃避的方式放棄了鋼琴。我對這種結束方式難以釋懷才會列入後悔清單，但我擔心老師可能也不想見我，所以感到寸步難行。

「好啦，走吧？」

咲葵走在前方讓我的心踏實不少，但我們來之前沒有事先聯絡，感覺很像不請自來，讓我有些畏縮。如果老師正在上課沒辦法見我，那就失去此行的意義了。我腦海中塞滿了藉口，咲葵則像是忍無可忍般按下對講機。

「等一下啦！」

我制止也沒用，她的手指早已無情地按下按鈕，接著就聽到端莊又沉穩的女性嗓音回了聲「來了」。

「透，過來。」

咲葵把我拉到對講機鏡頭前，我才一臉無奈地開口。

「我是……羽柴透……」

聽到我沒什麼自信的聲音，對講機後方的人像是倒抽一口氣般停頓了幾秒，才用略帶焦急的聲音說「稍等一下」。

果然不該忽然登門拜訪啊，我心生反省，並看向罪魁禍首咲葵，她也面露難色彷彿若有所思。

就這樣等了幾分鐘後，大門打開了。

現身的是一名四十多歲的高雅女性，跟我記憶中相差無幾。

老師確認來者是我後，立刻感慨萬千地用手捂著嘴巴，露出驚訝的表情。緊接著小跑步來到我身邊，順勢將我擁入懷中。

「真的是小透……」

老師如琴瑟般優美的懷念嗓音近在耳畔，而且已經略帶哽咽。

「是我。」

「我一直很擔心你。」

「嗯……」

我也用雙手環抱老師的背。

能夠確實感受到老師對我的擔憂，以及給她造成了麻煩。

「一切都還好嗎……？」

「……嗯。」

擁抱結束後，老師有些顧慮地看著我。老師多多少少知道我的情況，所以不確定能過問到什麼程度吧。

小時候老師就一直陪伴著我，相處時間可能跟父母差不多。她會擔心我，我會對她耿耿於懷，就是因為我們將彼此當成第二個家人吧。

我變得難以啟齒。明知道現在得說點什麼，卻還是無法開口。

我不敢面對過去和老師，心中十分膽怯。我開始後悔自己為何來此，也覺得沒臉面對老師，下意識將單腳往後移了一步。就在這時——

「……！」

有隻手在我背後推了一把，彷彿像在說「你不是一個人」的溫暖掌心，那樣輕推著我。

我悄悄往後看，推著我後背的咲葵又用力點點頭要我「別擔心」。

沒錯，只要有她在，我就辦得到。我在心中默唸後並開口。

「老師知道我妹……雫的事情嗎？」

「知……知道。」

可能連我總是極力避免這個話題都猜到了吧，像這樣直接切入話題後，老師的表情變得更驚訝了。

「我真的很遺憾，到現在還沒辦法釋懷，這份懊悔一定會在心裡積累一輩子。」

老師默默聽我訴說，所以我繼續說道：

「我現在依然後悔莫及，連提起雫都覺得痛苦，但我還是想像這樣來跟過去對我十分關照的老師打聲招呼，跟您報告近況。」

聽我這麼說，老師再度眼泛淚光。她用指尖抹去眼角的淚水，深感欣慰頻頻點頭。

「然後，讓我產生這個念頭，提議今天來這裡找您的人，就是她。」

說完，我向老師介紹躲在我身後的那個女孩。

我跟著老師的視線往後看，忽然被點名的她看起來有些訝異，但為了不讓我們發現她的動搖，她神情緊張地迎向老師的視線。

「她是你的朋友嗎？」

老師提出相當單純的疑問。平常遇到這種問題，咲葵應該會毫不在意地給出答覆，今天反而是我立刻代為答道：

「不是，她是我的戀人。」

聽到這純粹的回答，老師露出了今天最開心的表情。老師臉上的微笑充滿了溫柔與慈祥，跟以前一模一樣，眼角的皺紋充分展現了她的溫柔性格。

「是第一個願意聽我傾訴，帶我走到這一步的戀人。」

聽了我的介紹，她便低下頭主動報備「我是正在跟透交往的日向咲葵」。有種在跟自己的父母介紹女友的感覺，但這麼說好像也沒有錯。

老師笑著點點頭代替答覆，並用理解的口吻呢喃道：「日向咲葵……原來如此……」

「別站在這裡聊，進來吧。」

「沒關係啦，我只是來打聲招呼，馬上就回去了。」

「哎呀，別這麼客氣。如果你們待會還要約會，那確實是打擾到你們了，但如果時間允許，還是希望你們進來坐坐。我還想聽你多聊一點，而且你看……」

老師這麼說，房裡就傳來技巧拙劣、錯誤百出的鋼琴彈奏聲。

「那孩子很想見見小透呢。」

是我還在學琴時的後輩。我記得有個孩子因為崇拜我才開始學鋼琴，老師說的應該就是她吧。

都說到這個份上就不好離開了，我這麼想，並對站在我斜後方一步的她使了個眼色。

「可以啊，反而該請老師讓我們進去吧。」

她用眼神示意「勇敢面對」，我只好乖乖聽話。

「那就打擾了。」

老師家在住宅區中也算是較大的獨棟民宅，室內的典雅家具全都仿照房子外觀統一為白色基調，與放在最裡面房間的漆黑平台鋼琴呈現完美對比。以前我曾經想過，老師買房子和家具的時候是不是就以要放鋼琴的前提為考量。

「請問您買這間房的時候，是不是就決定要放鋼琴了？」

她代替我把這長年的疑惑問出口了，她果然有超能力吧。

「是呀，沒錯，妳居然看得出來。」

「因為我覺得鋼琴特別顯眼。」

長年的疑惑得到解答之後，練習室就出現四名少年少女，老師也向我們一一介紹。

如同我先前的擔憂，剛剛果然正在上課。照理來說上課期間會把對講機的鈴聲關掉，但不知為何今天沒關，而且來的人又是我，所以老師非常驚訝。

「或許是神的旨意吧。」

聽到感覺不信神的咲葵這麼說後。

「哪是神啊，是咲葵的旨意吧。」

我如此回答，咲葵便苦笑著說「什麼啦」。

「透哥哥？」

我和咲葵聊到一半，有個女孩子過來喊了我一聲，這個叫法讓我的心臟狠狠跳了一下。因為這世上只有兩個人會叫我「哥哥」，剎那間讓我想起另一個人，也就是妹妹雫。

但死去的人不會再喊我了，現在用這種方式喊我的是另一個女孩，因為崇拜我而開始學音樂的香音。

「香音一直在等小透喔。」

老師用告知的語氣這麼說。

香音這個女孩住在附近，雖然不是在老師這裡學會鋼琴，但時不時會像這樣過來玩耍。我不確定她有沒有鋼琴天分，但她總能演奏出天真可愛的獨創性音樂，反而是像咲葵那樣隨心演奏，適合走作曲路線。

不知不覺她也開始喊我哥哥，變成了妹妹般的存在，在我記憶中留下了深刻印象。

「香音，最近好嗎？」

「嗯！」

這聲活潑開朗的回答，果然還是記憶中的那個女孩。過了兩年孩子也會長大，香音也不例外長高了些，但本質部分並沒有變，讓我有種莫名的安心感。

之後我和老師聊了過去的事，咲葵也在孩子面前彈奏了鋼琴。我有些感傷地想「要是雫也在這裡就好了」，但咲葵時不時拋來的視線卻不准我陷入低潮。

聽了她的演奏，老師嚇得目瞪口呆，看樣子是對她傑出的表現力大感驚訝。我又驕傲地在老師耳邊輕聲說「可是她的鋼琴全都是自學的」，老師又嚇到差點慘叫出聲。恩師的反應讓我覺得有趣極了。

回過神才發現，我幾乎沒感受到痛苦、如坐針氈或想起過去等負面情緒，只是抱著單純懷念的心情享受著這段時光。

「謝謝妳。」

我悄聲向她道謝。
她說的清算過去就是這個意思吧，此刻我才終於有了切身體會。
我們待到傍晚才解散。
聽到老師說「以後隨時歡迎你」，我居然能抱著坦率的心情回答「好，這陣子我會再來拜訪」，就代表今天來到這裡有多充實。這一切都是她的功勞，我在心中暗自感謝。
於是我成功清算了一個遺憾。

♫

「沒想到透竟然是蘿莉控～」
白天充滿旁人的電車內，我的戀人冷不防地說出問題發言。
「少胡說八道，別給自己的男朋友冠上不名譽的稱號。」
咲葵說的應該是前陣子去鋼琴教室的事吧。
這種輕鬆的對話模式不知不覺變成「日常」的我們，今天也為了清算過去展開行動。

今天似乎要體驗我青春時期沒經歷過的事。我覺得沒有比「青春」一詞更籠統的概念了，她到底在說什麼啊？

「你不是對小學女生露出色迷迷的表情嗎？根本就是標準蘿莉控。」

「我才沒有。所以呢？今天要去哪裡？」

「否認感覺更可疑了～今天要去探索青春啊。」

「少囉嗦。我就是要問具體地點啊。」

我連目的地都不曉得，就被她帶來搭電車了，而且現在這個時間肌膚都被白天的豔陽燒得火辣辣的。總之我想說的是，我一大早就被咲葵用電話叫起來，對她有點懷恨在心。

「地點啊，具體來說尚未決定。沒錯，今天我們要去約會喔。」

「約會？」

我這句呆傻的疑問，在略顯擁擠的電車內輕聲響起。

我用各種觀點將「現在外面太熱了很危險」這個理由正當化不斷說服咲葵，途中她可能也屈服了，於是放棄掙扎前往都內的水族館。

跟夏日蒸騰的熱氣可謂是天壤之別，開啟涼爽空調的昏暗室內簡直是和平的世界，我這種內向的人還是比較適合這種地方。

室內被水槽環繞，外頭的陽光反射在水槽的水中營造出夢幻光景。咲葵似乎也對這裡十分滿意，雖然看得出對海洋生物沒什麼興趣，但她似乎很喜歡這個靜謐的環境。

「其實我是第一次來水族館。」

「那來了不是很好嗎？」

「嗯，但我的目的是讓透體驗青春啊，結果是我在開心。」

「有什麼關係，我也是第一次跟戀人來水族館，也覺得很開心啊。」

「嗯！」

咲葵笑容爽朗地點點頭。

我真心覺得她比剛認識的時候更常笑了。起初我還覺得她很高冷，其實不是這麼一回事。她不像華麗外表那樣說話惡毒，反而是個溫柔好女孩。

我感慨地想著這些事，與她一同在館內散步時，她忽然停下腳步。

「欸，透，你看！」

她拉著我的手臂指向前方，只見好幾隻企鵝在水中游泳，但更吸引我目光的不是她所指的企鵝，而是她的耳邊。她一如往常將棕色長髮塞在耳後，露出的耳垂上有個閃閃發光的小型向日葵耳環。

我的視線完全鎖定在那個耳環上，映入眼簾那一刻，意識脫離般的飄浮感便席捲而來，還有一段影像直接從腦中投射出來。

「……」

「透？」

整齊排列的無數朵向日葵，黃昏的晚霞，眼前有一名少女，這些畫面忽然在腦海中閃現。

難道是白日夢？但我對這段畫面毫無記憶。

「透？透！」

「啊、啊啊……」

咲葵的聲音將我拉回現實。方才浮現眼前的那段無形影像頓時煙消雲散，甚至來不及記住就消失無蹤。

「咲葵，妳喜歡企鵝啊？」

「嗯，對啊……你沒事吧？」

「沒事。喏，繼續逛逛吧。」

「那就好……」

我和咲葵愉快地享受水族館的時光，之後也在時髦咖啡廳一起吃了點輕食，天南地北隨意閒聊。

儘管如此，腦中的鬱悶依舊無法抹滅，模糊難辨的不協調感讓我難以釋懷。

「其實今天有煙火大會。」

夕陽開始西斜時，咲葵在咖啡廳這麼說。

「是喔。」

「看你的反應好像完全不感興趣耶，如果對方是普通女生會被討厭喔。」

「還好我的戀人不是普通女生。」

「畢竟我會喜歡上透這種人啊。」

「來這招啊。」

我們聊著這種無聊的對話，但其實我不太喜歡煙火大會這種活動，不，既然要說的話應該到討厭的程度了。我當然討厭擁擠的人潮，但最受不了煙火的聲音。從小就埋首於音樂的人應該跟我有同感吧。

「所以呢？咲葵想去煙火大會嗎？」

「你都一臉嫌棄了，我還能說自己想去嗎？」

我的表情有這麼嫌棄嗎？我用手機螢幕的反射觀察自己的臉，就看見一個滿臉不願的男子。

「我不是想去煙火大會啦，但這樣很有夏日約會的感覺吧？所以我才試著一提。」

「這樣啊。如果是非去不可我也不會拒絕，但跟我一起去應該會很無趣，真是不好意思。」

「那就沒辦法了，還是找點適合我們的活動吧。」

說完，我們前往的地點是海邊。

太陽下山後的海邊還能見到零星遊客，但白天玩過海水浴的人們幾乎都在準備撤退了。

咲葵往沙灘走去，所以我也跟著走。我們走在人潮消退的沙灘，地面上也浮現出我倆的影子。兩道人影就像在表示我和咲葵的距離感，雙方之間的間隔讓我看了莫名焦躁，於是我衝動地握住她的手掌。

「幹嘛！」

「我覺得這樣比較像戀人，如果妳覺得不舒服，我跟妳道歉。」

咲葵驚訝的反應讓我心生罪惡感，便立刻鬆開手。

「沒有啦，我不討厭，反而很開心呢，只是太突然才會嚇一跳。」
咲葵面露微笑，接著換她將我放開的手重新牽回來。
延伸在我們前方的影子再無距離，手也緊緊牽在一起，這個畫面讓我有些心癢難耐，這就是幸福的感覺吧。
「我們是戀人吧。」
「對啊，是戀人。」
確認完這個理所當然的事實後，我們相視而笑。
好幸福。有咲葵陪在身邊，我也能得到幸福啊——確切體會到這個事實，讓我心中充滿喜悅。
之後我們聽著海潮聲繼續在沙灘上散步，直到周遭天色變暗為止。
我們在附近的超市買了章魚燒、炒麵、炸雞塊等熟食和手持煙火後回到沙灘。夜幕降臨後，沙灘上已經空無一人，乘著浪濤聲而來的海風將白天那股如餘香般四處瀰漫的暖空氣帶走了，呈現出涼爽的夏日夜景。
我們坐在樓梯上，把買來的熟食放進嘴裡。
「咖啡色的食物真的很好吃耶。」

如咲葵所說，我們用符合煙火大會的概念選的這些食物全都是同色系的。

「對啊，不過被妳這麼一說，就想吃飯跟蔬菜了。」

說著說著，我將章魚燒塞進嘴裡，結合了濃厚醬汁與香醇美乃滋的垃圾食物滋味，讓我吃得津津有味。

「但光是拿著這些食物邊走邊吃就很滿足耶。」

說完，我看向大口吃著炸雞塊的她，笑容滿面的模樣甚至讓我懷疑她臉上是不是寫著幸福二字，我也決定下次要帶她去有攤販可逛的夏日祭典。

「欸，你知道嗎？」

「什麼，豆柴喔？」[2]

「啊，好懷念豆柴喔！不是啦，別用這麼明顯的方式轉移話題。」

因為她說話的表情實在太像豆柴從毛豆裡探出頭的樣子了，我才忽然開口吐槽她。

「然後呢？」

「然後啊，呃，啊啊，對了對了。說到章魚燒，是不是就會聯想到夏日祭典

2.日本廣告商「電通」原創的卡通人物，形似毛豆。「欸，你知道嗎？」是它的固定開場白。

或關西？」

「對啊。」

「聽說關西人家裡都有一台章魚燒機耶！」

「是喔。」

聽她這麼說，我也不怎麼驚訝。因為他們把章魚燒視為日常隨處可見的食物，所以家裡有自製機器也不奇怪。

對了，以前雫曾吵著說想做章魚燒，說不定……

「我家說不定也有章魚燒機。」

「咦，真的假的！」

咲葵做出超級感興趣的超棒反應，可能覺得很憧憬吧。

「應該有啦。」

「好好喔。」

她低聲呢喃著，還用怨恨的表情盯著我看。被她這麼一說，我也只能這樣回覆了。

「……下次要來我家嗎？」

「要！」

咲葵笑容滿面點頭答應的模樣讓我十分欣慰，另一方面又覺得自己太早約戀人來家裡玩，心情變得五味雜陳。

「但我爸媽經常不在家，這樣可以嗎？」

話一出口我就大嘆不妙。這種說法聽起來就像帶著罪惡感說的吧。

「啊～嗯，可以啊。」

我想修正說詞，假裝要窺視她的表情般轉向她，但她只是尷尬地笑笑。

結果好像只有我思想不純正，讓我有點悶悶不樂。但她看起來真的不在意，將吃完的塑膠容器收拾完畢後就站起身。

「那來放煙火吧。」

她拿起手持煙火，露出興奮雀躍的表情。

看了咲葵的反應，我覺得像剛才那樣左思右想的自己簡直傻得可以，於是也學她站起身。

「好啊，機會難得，就在沙灘放吧。」

「那當然。」

我帶著買來的打火機和裝著水的水桶，再度與她並肩走向沙灘。

咲葵馬上拿出手持煙火，還從我手中搶走打火機，拿著看起來最高級的手持煙火並咧嘴一笑。

「這樣看來，咲葵是會把喜歡的東西先拿來用的人？食物也會從喜歡的開始吃。」

「先把喜歡的東西拿來用或吃掉比較安心吧？就算之後出了什麼狀況，還是能體會到最棒的樂趣啊。」

「原來如此。」

我神情嚴肅地點點頭。聽她這麼一說，總覺得跟我不讓自己後悔的心情有點像，所以我也把剩下的另一支高級手持煙火拿出來。

「透，你會這麼問，代表你會把喜歡的東西留到最後囉？」

「算是吧。」

「很像很像，你就是那種人。」

「要是一開始就體會到樂趣，之後就會覺得缺了點什麼。」

「嗯，能理解這種感覺啦～」

咲葵笑著說「我們在這方面完全不合嘛」，但這句話或許不適用於手持煙火。

雖然只是猜測，但我猜我們會留到最後才放的煙火是同一種。

「但我們會留到最後才放的煙火是同一種吧？」

「啊啊，這倒是。那……機會難得，要不要同時說[illegible]」

之後她馬上喊了「一、二、三」，我也急忙搭腔。

「線香花火！」

「是線香花火吧。」

我們異口同聲地說出同一個詞，感覺莫名舒暢。

「對吧～」

「對啊。」

「最後就想用線香花火作個安靜的收尾呢。」

「沒錯，感覺這才是夏日風情畫。」

「總而言之，我最喜歡線香花火了。」

「我也是，結果妳也把喜歡的東西放在最後嘛。」

「啊，真的耶。但我想說的是，真希望這輩子能早一點遇見透。」

咲葵毫不猶豫地這麼說，並氣勢洶洶地用打火機的火點燃手持煙火。被這句話拋在原地的我也想開始放煙火，便做出「把打火機給我」的手勢。

「來，拿去。」

咲葵用另一種形式回應我的要求，我想點火，她就用自己那支點燃的煙火靠近我的煙火，我手上的煙火轉眼間就四散出鮮豔的火花。

但在我看來，這種借火的動作有著特殊含義，簡單來說就像接吻。我是正值青春期的男生，把她當成異性看待，交往關係也漸趨穩定後，這些細微瑣事就會讓我聯想到那種行為。

我抱著這股想法和她一起玩煙火。我們讓煙火映射在夜晚的海面上，同時有感而發地感嘆「真漂亮」。看著咲葵雙手拿著同時點燃的兩支煙火，開心轉頭看我的模樣，我的心也暖了起來。每當感受到這種「戀人會做的事」，我的意識就會加速運轉。這就是她所謂的清算青春嗎？

既然是清算，有些小事應該能被允許吧。我心中浮現出這種自私的念頭。

將手持煙火消耗大半後，就剩下線香花火了。我們蹲在沙灘上單手拿著線香花火，心情也平復下來。

「已經快結束啦～我還以為兩個人玩這些煙火應該綽綽有餘，沒想到一下子就玩完了。」

「因為妳一次點兩支啊。」

「是沒錯啦。」

咲葵笑得愉悅，還用若無其事的口吻這麼說。她只是純粹在享受這段時光，我卻對她抱著不可告人的心意，讓我覺得很對不起她，但我不知該如何處理這份棘手的感情。

「最後就是線香花火了吧。」

「對啊。」

「雖然沒什麼創意，但要不要來比誰的火種能撐到最後？」

「接受挑戰。」

我們都露出自信滿滿的表情，重新拿起尚未點燃，比先前的煙火都要輕巧纖細的線香花火。

「輸的人要無條件聽從對方一個要求，怎麼樣？」

「無條件啊，賭注還真大，後悔了我可不管喔。」

「透才是呢，可別後悔啊。」

現場瀰漫著緊張的氣氛，我也在這場比賽中找到了獲勝的意義。或許她會覺得我很狡猾，但我可以趁這大好機會解決從剛才就困擾著我的難搞情緒。總之我想贏得這場比賽，做點情侶間會做的事。

公平起見，我們決定同時點火，便將雙方的煙火湊向那只打火機。我與咲葵的距離自然拉近，聽起來比平常還要明顯的呼吸聲也讓我繃緊神經。

我告訴自己專心比賽。

「好，點火囉。」

「好。」

因為我們都為這點小事玩得幹勁十足，我不禁在內心苦笑道「看來我們半斤八兩」，並將線香花火點燃。

「……」

「……」

點燃的線香花火冒出了小小火種，為了保護火種，我將手蓋在旁邊擋風，咲葵也做了一樣的事。在只聽得見海浪聲的昏暗沙灘上，展開了一場無比認真的賽事。

我不經意瞥向專心致志的她，就看見戀人毫無防備的模樣。

心臟猛地跳了一下，意識到她是女性時，心臟就開始彰顯它的存在感。我擔心這股動搖會表露在外便確認了一下手邊，幸好我的煙火並無大礙。

暫時安心後，我再次如同被吸引般望向咲葵。她穿著黑色短褲和中央印有可愛圖樣的上衣，雖然是相當簡約的打扮，蹲下來時卻顯得莫名性感。

蹲下來後，纖細修長的四肢變得更加裸露，由於身體前傾，上衣領口大大敞開。纖長睫毛往下低垂，帶著魅惑光澤的嘴唇甚至帶著幾分挑逗，在海邊的昏暗夜色下營造出難以言喻的冶豔氣息，我的視線完全移不開她，甚至懷疑她身上帶有某種魔力。

「咲葵……」

不知不覺我已經將勝負拋在腦後，對眼前這個可愛女孩的慾望使我變得盲目。

我失去平衡，整個人往咲葵倒去。

「我很專心，不要鬧……！」

她的話語戛然而止，而與此同時，我和咲葵手上的線香花火火種也幾乎同時落下。

「嗯……！」

現場只有她那夾雜著驚訝的微弱氣息，隨後又陷入靜謐。正確來說，那一剎那間我的耳朵只聽得見她的氣息。

我好不容易才和緊緊依偎的她拉開距離。

夜晚的沙灘失去了唯一光源，唯有等間隔的海浪拍岸聲變得格外清楚。

「你在……幹嘛……」

我用茫然的眼神望向咲葵，只見她的臉漲得通紅，在夜色下也一清二楚。看到她怯弱的表情，我再次受衝動驅使，又與她人影交疊。

「嗯……」

唇吻間流洩而出的聲音煽情無比，讓我的行動變得更加積極，而她也沒有拒絕我。起初雖然驚訝，卻絲毫沒有抗拒，如此肯定的感覺讓我開心極了，我實在捨不得放開她。

我就這樣趁著夜色吻了她一次又一次。

此刻我也確實體會到我們是一對戀人。

♫

熱油噴濺聲和麵粉煎炸的獨特香氣充滿了整間房。

在遍布凹槽的機器上，我用竹串翻動一口大小的圓球使其熟透，將每一顆都煎成漂亮的球形。

「我餓了。」

「對啊，但有種獨特的香味呢。」

「這就是章魚燒啊。」

前幾天玩煙火時就約好要在我家開章魚燒派對。咲葵說這只是藉口，真正目的是想來我家和妹妹雫打聲招呼。她想以戀人身分和雫問好，重點是雫也是在清算過去時最重要的靈魂人物。

於是她剛才以我女朋友的身分在妹妹的佛壇前聊了好久。咲葵說話時彷彿雫就在眼前，感覺我過去湊熱鬧就會干擾女孩之間的談話，所以這段期間我都在準備章魚燒。

聊完後回到我身邊的咲葵看起來神清氣爽，一定是把想跟妹妹說的話全說了吧。雖然我也懷疑「初次見面哪有什麼話好說」，但也不反對。

「透，感覺可以吃了。」

「好。」

我聽從咲葵的話將剛煎好的章魚燒移到盤中。我放了很多種食材，所以有幾顆光看顏色就不太妙，但像店家那樣淋滿醬汁和美乃滋之後，乍看之下就分辨不出來了。

「完成了。」

「有幾個讓人沒什麼胃口耶。」

「不准剩下喔。」

「知道啦，我們兩個把這些吃完吧。然後呢？要怎麼分？」

咲葵露出有些可疑的笑容說：「我有個妙案～」會自信滿滿說出這種話的人，應該都不會說出多正常的點子，但我還是姑且聽之。

「什麼妙案？」

「我們各選一個餵對方吃，很好玩吧？」

果然有鬼。我想奉勸她這樣太丟臉了，又覺得這樣很沒面子。這時我也想到一個好主意。

「妳的意思是讓對方吃自己選的嗎？」

「對呀。」

看著咲葵嘴角不住上揚的樣子，我也在心中暗自竊笑。

咲葵應該是想看我張嘴害羞的模樣才會如此提議吧，那我也決定接受咲葵的提議，把有問題的章魚燒塞給她吃。章魚燒幾乎都是我做的，盤子裡擺放的位置我也瞭若指掌。雖然有幾個不太想吃的，但最有問題的就是表面全綠的那一個。簡而言之，那個章魚燒的主料應該是芥末吧，我只想避開那一顆。

我用斜眼瞥向綠色章魚燒的位置，將目標鎖定。

「那就開始吧。」

「既然是我提議的，就讓透先選吧。」

我待會就要用芥末的嗆辣擊垮妳那從容不迫的態度，於是我興致勃勃地串起目標那顆章魚燒。見我選了一個，咲葵也毫不猶豫地挑了一顆。

我們看著對方的臉，忍不住笑了起來。

「來，啊～」

「啊，啊～」

我強忍羞恥，將選好的章魚燒丟進彼此嘴裡。好啦，咲葵會露出什麼表情呢？我喜孜孜地瞥了一眼——

「嗯～好澀喔～這個不怎麼好吃耶。」

她卻這麼說。

好澀……？這是吃到芥末的反應嗎？我心生懷疑，並將放進嘴裡的章魚燒咬了幾口。

「……嗯噗！」

一股驚人的嗆辣頓時透過口腔衝上鼻腔，而且越咬越辣。我淚眼汪汪地看著她，只見她雙手摀著嘴巴，無法控制地竊笑起來。

「妳，妳做了什麼好事……」

我費盡千辛萬苦吞下章魚燒，好不容易才說出這句話，跟我不同原因卻也淚眼汪汪的她擦擦眼角，忍不住噴笑道：

「我什麼也沒做啊，只是我吃的是抹茶口味，透吃的是芥末口味。」

說完，咲葵似乎覺得很好笑，又哈哈大笑起來，說不定在她一開始提議要這樣吃之前就設下這個局了。

「輸了，我輸了。」

我做出雙手高舉的動作表示投降。

因為有問題的那顆被我吃掉了，所以後續品嚐過程中雙方都沒有太痛苦。除了中途咲葵又想到那畫面笑著說「肚子好痛」感覺很痛苦以外，都相安無事。

後來我們在我房裡悠閒地打發時間。

「你有在做斷捨離嗎？」

「沒有啊。」

「我覺得房間的東西少到像你這樣才奇怪。就算做了斷捨離，我的房間也不會變成這種地步。」

這倒是，感覺咲葵房裡有很多化妝品或衣服。有機會我也想去她房間參觀，但這話由我說出口應該不太妥當。

「下次約你來我房間參觀吧。」

「……」

「怎麼了？」

「我覺得咲葵真的是超能力者。」

「原來如此~透想來我房間啊。」

她用雀躍的口氣這麼問，難道我的想法這麼好猜嗎？但她說得確實沒錯，所以我老實點點頭。

「那就下次吧。我家沒什麼好玩的，但還是約你過來吧。」

就這樣，我們又多了一個未來的約定。光是有咲葵在身邊，過去對未來的想像充滿悲觀的我也開始心懷期待，我不禁感慨地心想，戀愛的影響力真的不容小覷。

「以後就一起去各個地方走走吧。」

咲葵忽然這麼說。

「該怎麼說呢，就是一起去遙遠的地方製造許多回憶。留存在記憶裡的回憶也不錯，但記憶這種東西難以捉摸，隨時可能被改寫或風化，所以我想增加實質性的回憶。」

「這主意不錯啊。」

「所以啊，用我們兩人的回憶塞滿這個空無一物的房間吧。」

真是恣意妄為又充滿樂趣的提議。

「妳沒想過我會不高興嗎？這是我的房間耶。」

「但你會不高興嗎？」

「這個嘛……」

我只覺得被她隨意安排有點無趣，但如果能用實體方式保留跟咲葵共度的回憶，我反而會很開心，覺得自己就該這麼做。

「比如把時鐘換成在旅遊地購買的款式，以這種方式把我跟透的回憶塞滿這間房。窗簾也好，衣架也好，隨便什麼都可以。」

「我覺得很棒啊。」

「對吧？這樣以後同居的話，就可以把這些回憶挪到我們住的房子了，以上就是我的計畫。」

咲葵說的每一句話都充滿了希望。

面對未來的希望。那種我心中從未有過，對我來說有點耀眼奪目的心情。

但她光是這麼做，我就覺得內心深處緩緩湧現出這股希望，眼前的世界也改變了。

接著我們用手機播放古典音樂，各自提出想去哪些地方。後來我們一起玩了房內為數不多的遊戲，還把書架上推薦的小說介紹給她看。光是跟咲葵在一起，體感時間好像就變得很快。我真心懷疑太陽有這麼早下山嗎？是不是只有跟她共處時，時鐘秒針才跑得比較快？

不知不覺間，窗外的天色已經完全黑了。

結果遊戲也玩膩了，無所事事的我們便一起坐在床上聽最近流行的音樂。雖然無事可做，卻從來沒說過「回家」之類的話，反而越來越不想分開。我們以聽音樂的名義共度時光，卻知道彼此都在偷瞄對方，在意對方的存在。隨著時間流逝，眼神交會的次數也逐漸增加。每一次視線交錯，我就覺得心中火熱又鬱悶。

最後我們終於四目相交，彼此都不願別開目光。當我開始覺得音樂很礙事時，明明曲子還沒播完，音樂卻剛好中斷了。

寂靜籠罩現場，我的心跳聲變得更加明顯，耳朵只專注於她的氣息。

先開口打破沉默的是咲葵。

「你之前說過，父母經常不回家吧？」

那是上次玩煙火時不小心說溜嘴的話。

「對，對啊，今天應該也不會回來。」

「這樣啊。」

之後我們陷入沉默，因為彼此都明白沒必要開口。

雖然我常說她是超能力者，但我輕而易舉就能猜到現在的她在想什麼，咲葵應該也一樣。

於是我們像是互相吸引、互相渴求般吻了對方。一次、兩次，次數不斷增加，也慢慢加深。

不顧他人眼光，時間與空間條件都符合的唇吻，比以往更加濃烈且舒適。

我們退開到可以看清對方表情的距離，凝視對方氣息紊亂又紅潤的臉龐，接著又抱緊彼此。

好想繼續沉浸在兩人獨處的空間，這次我覺得刺眼的燈光成了阻礙，結果不知為何，燈就在那一瞬間安靜地熄滅了。停電了嗎？原因不重要，一切都順心如意發展的充足感填滿了我的心。

此刻我腦海中只有擁在懷裡的咲葵。

接著我們又一次深深地吻住彼此。

♫

此刻我感受到前所未有的踏實，以往悲觀的日常生活染上了鮮豔色彩，彷彿眼前的世界都不一樣了。現在我能注意到過去不曾留意的路邊小花和蔚藍天空，心靈也騰出了空間。

原來世界如此繽紛。

只要有她在身邊，心中就能充滿希望。雖然遺留至今的罪惡感等負面情緒仍無法完全消除，但我的心態逐漸積極，想和咲葵這個女孩一起面對未來。

「呼～都傍晚了還這麼熱。」

「畢竟是夏天嘛。」

我們去超市買完東西後準備回去我家。自那天起，咲葵就經常來我家。這裡基本上變成我們的行動據點，我房間也越來越多在以清算過去為名義四處造訪的地方買來的各種物品。

「是說我兩手都拿著東西耶～透的手是為了什麼而存在啊？」

「好好好。」

我想把她手上的東西全部拿走，咲葵卻拒絕了。

「妳不是要我拿東西嗎？」

「我想請你拿一半就好。」

「是可以啦。」

我心想「明明可以全部幫妳拿啊」，但還是只拿了一半。確認我拿過去後，咲葵就將我幫忙後空出來的那隻手，牽住我沒拿東西的那隻手。

「透的手是為了跟我牽手而存在。」

咲葵已經對戀人身分得心應手了，說這話時一點也不害臊。

我徹底被滿足了，和她在一起，有她陪在身邊的時光讓我心滿意足。我什麼也不需要，也不會再癡心妄想，所以希望這份幸福能持續到永遠。

和她相遇的這個暑假，是我人生中過得最快的一個月。八月還剩一週，她說該清算的事情還有兩件。

夏天已經接近尾聲。

「我回來了～」

她像是早已把這裡當成自己家，大搖大擺地比我還早踏進家門。見狀我苦笑著唸了一句「如果我爸媽回來了怎麼辦」，並跟在她後頭。

咲葵在廚房拿出買回來的食材開始料理。最近她連廚房動線都掌握得一清二楚，我們偶爾會一起下廚。爸媽經常不回家的我早已習慣自炊，對料理也略有心得，咲葵也一反她俏麗的外表，對家事樣樣精通。

高中生情侶應該不太會一起下廚吧，我懷著這股不知對誰產生的悖德感，今天也以她助手的身分開始料理。

吃完用很多蛋做成的蛋包飯後，我們又一起窩在房間裡。

我的房間成了我們的寧靜小天地，如今也算是我的避風港。過去我不太喜歡待在家裡，但光是有咲葵這個人在，就能徹底顛覆我的認知。

就在我們評論蛋包飯做得如何時，咲葵忽然拋出話題。

「雖然有點突然，但我可以問問雫的事嗎？」

咲葵平常在我面前都百無禁忌，唯獨提到妹妹雫的話題時一定會猶豫再三。

我隱約察覺到嚴肅氣息，決定當面接下她的疑問。

「可以啊，儘管問吧。」

「我知道自己不方便插手……那個，雫的墳墓……」

這肯定是她一直放在心上的問題吧。明明說要清算過去也付諸行動，至今卻從來沒有去幫雫掃墓，說來確實不自然。帶著跟以往不同的心境去掃墓，才算得上是清算過去吧。

但我做不到，而且是有原因的。

「雫沒有墳墓。」

「沒有……」

這就是原因。

雫過世之後，父母越來越常去更遠的外地工作，雖然有墳墓管理不便，我自己也沒那麼多預算打理雫的墳墓等理由，但最大的原因是這個家沒有一個人能接受雫的死亡。我們心裡都有共識，一旦建了墳墓，就代表接受了那個人的死亡。

「是啊，我和家人就是這樣慢慢疏遠的，我一個人也無能為力。而且爸媽根本無法接受雫離開的事實，替雫建墳墓這種話實在太殘忍了，我說不出口。」

「這樣啊……」

咲葵面色凝重地點點頭，神情很是悲傷，卻也帶著幾分體諒。我甚至覺得她用唇語說了「果然沒錯」，應該是我的錯覺吧。

「抱歉，問你這種難以啟齒的事。」

「不會，沒關係。」

我知道咲葵平常總會為我顧慮再三，所以才什麼也沒說。以後如果情況允許，我願意把一切都告訴她。

「可以借個洗手間嗎？」

「可以。」

咲葵這麼說，可能是受不了現場的尷尬氣氛吧，聽得出這個提議是為了讓我們分開一會平復心情。

我也告訴自己要在她給的這段時間變得從容一點，等她回來時就能輕鬆自在地面對她。

每次提到雫的話題氣氛就會變得很尷尬，這個問題遲早得想辦法解決。

腦海中浮現出這種半反省的想法時，有個東西映入我的眼簾。

那是咲葵總小心翼翼帶在身上的手機。她有兩支手機，一支拿來拍照打電話，充分利用了手機性能，但她總是小心翼翼隨身攜帶，從來沒讓我看過的另一支手機此刻就在眼前。平常她應該到哪都會帶著，可能是急著擺脫剛才的尷尬氣氛才會忘記拿吧。

我的注意力全放在那支手機上。

我心中沒有疑慮，打從心底信賴咲葵，最近她也總跟我在一起，根本沒有懷疑的餘地，這點我再清楚不過。

但正因如此才更讓我在意。她到底在保護什麼，又對我隱瞞了什麼？

想著想著，讓我目不轉睛的那支手機微微震了一下，感覺像收到新訊息的震動聲。

我仗著好奇心拿起那支手機。

「……這是，什麼？」

我在主頁正中央看見了【175:27】這串數字，還顯示出類似訊息方塊的東西，而且手機裡沒有安裝任何ＡＰＰ。過了一會再看那串數字，居然變成【175:26】，數字減少了。

我試著跟自己的手機比對，當我手機裡的時間分鐘單位增加一分鐘，這支手機的數字反而變成【175:25】。

「簡直就是計時器。」

我這麼想。也很像時間限制。

我對這莫名其妙的手機產生興趣，雖然知道不能看別人手機，我還是點開了類似訊息方塊的東西。

裡頭是個寫著「演奏會」的資料夾，我戰戰兢兢地將資料夾點開，就看見裡面的文件名稱是那場演奏會的固定曲目。由上到下分別是「月光」、「悲愴奏鳴曲」、「愛之悲」、「為已逝公主的孔雀舞曲」、「離別曲」五個名稱，最後還有一個顯示「──」的無名欄位，總共有六個訊息欄。

「……」

我繼續點按最上面的「月光」。

結果就跳出幾行羅列的文字，也稱得上是文章。與其說是日記，文體可能更偏向小說。

那篇文章的開頭是這麼寫的。

【……第一次看到他，是剛上國中的那段時期。

他經常在集會時，在全校學生面前彈奏校歌伴奏，某天還在朝會之類的場合上台領獎狀。他比我大一歲，在我剛上國中那個時候就已經是校內的風雲人物了。

他很會彈鋼琴，不管什麼曲子都能在大眾面前輕鬆演奏。如此自信耀眼的模樣十分帥氣，而且他彈奏的音樂讓人心曠神怡，我非常喜歡，所以他馬上就變成我的心儀對象了。】

這是第一人稱的小說，感覺很像在看網路小說。

之後的文章也是以第一人稱描述，應該是主角的那個女孩偶然遇見了心儀的男孩，產生交集後慢慢拉近距離，是隨處可見的老套劇情。

但讀著讀著，我卻感受到一股不可思議的感覺。用文字寫下的那些情節，我覺得自己彷彿實際體驗過。

中途出現女孩、男孩去小型演奏會欣賞音樂的場面時，除了有實際體驗過的感覺外，腦中還閃過曾經見過的那段宛如白日夢的畫面。

這種奇妙的感覺太不自然，我卻還是渾然忘我地繼續閱讀。或許是因為這樣，才會沒注意到咲葵回房的腳步聲。

我把第四篇「為已逝公主的孔雀舞曲」看完後，房門正好打開，門後的咲葵僵在原地。

「透……？」

咲葵的視線停在我手上，一雙眼瞪得老大，身體似乎還微微顫抖，似乎在害怕什麼。

「你看到了啊……」

「……這支手機，是怎麼回事？」

咲葵頓了頓，刻意再次營造出寂靜的氛圍，讓我能聽清楚接下來說的話，接著開口說出這句話。

「如果能改變過去的選擇，你會怎麼做？」

她這麼說。

「……如果我說這個世界有時限，你會怎麼做？」

間奏　離別曲

意外來得猝不及防。

原來人的命運會在轉眼間發生轉變，而我目睹了如此不合理的瞬間。雖然可能會在內心某處逐漸凋零，但那一幕還是太悽慘了。

事情發生在和他去了向日葵花田的幾天後，我像平常一樣去演奏會，假裝偶然遇見他後，與他一起踏上歸途。

「妹妹……？」

「是啊，妹妹。她好像剛練完小提琴，回家途中要跟我會合。日向，妳想見我妹妹嗎？」

光是聽到心儀的他喊我的名字「日向」，胸口就像被揪緊般難以喘息，但完全不是不舒服的感覺，反而孕育出舒適暢快的怦然心動。

但原因不只如此，與心儀之人的妹妹，也就是家人見面的機會忽然造訪，雖然既緊張又害怕，卻也是值得開心到飛上天的好事。

現在的我不會像以前那樣因為態度卑微錯過這種大好機會，可以用「我想跟她見面！」這種話直接表達我的心情。
「那就好，其實我跟她約在附近的咖啡廳碰面。」
在接下來的路途上，他便跟我聊起妹妹雫的話題。
妹妹比他小兩歲，也就是比我小一歲，正在學小提琴，夢想是跟他這位哥哥一起站上舞台演奏。他們感情很好，有時也會相約去購物。
雖然絕大部分都是他跟雫手足情深的兄妹話題，但能從本人口中聽見我不知道的那些事，還是讓我雀躍不已。儘管也出現想將雫的地位搶過來這種類似嫉妒的情感，但情竇初開的我也能明白這是一種再自然不過的情感。
而且正因為他們感情很好，我甚至開始妄想妹妹質問「這個人就是哥哥的女朋友？」的畫面，對接下來的見面抱著些許期待。
他和我走在路上，跟我炫耀兄妹之情，我面帶微笑豎耳傾聽，對他產生種種妄想，這些應該都只是普通的日常即景。
平凡無奇，也可以說是一如往常，我心目中有他在的日常生活。
——那契機到底是什麼呢？哪裡出了問題？是我做了什麼嗎？是他做了什麼嗎？是雫做了什麼嗎？
不管做什麼還是有可能發生，什麼都不做也可能會發生吧。一切只是必然的結果，運氣、偶然、善意、敵意、惡意應該都無法干涉，也不存在任何選擇。

唯一存在的只有事實。

「那個人就是雫。」

聽他這麼說，就看見行人穿越道對面有個嬌小的女孩，她穿著跟我同國中的制服，揹著某個大大的東西——應該是小提琴的琴盒吧。那個女孩像是要讓我們看清楚似地舉起手用力揮舞。

我還以為妹妹的性格跟他一樣沉穩，因此對她活潑的舉止有些意外。

等紅燈的時候，身旁的他和行人穿越道對面的雫都笑逐顏開，彷彿為重逢感到喜悅。我在心中暗自羨慕這種美好的家庭關係，看見紅燈轉綠後，身邊也在駐足等紅燈的幾個人動了起來，我跟他也加入了人群之中。

——就在此時。

我忽然覺得不太對勁。我雖然不相信第六感，但那種感覺跟第六感很相似。這個感覺讓我心中警鈴大作。

視線前方是急著要通過行人穿越道快步跑來的雫，而我不經意往左一瞥——

「危險……！」

這是我的聲音嗎？還是他的聲音？

一看到絲毫沒有減速往雫直衝而來的貨車，我跟身旁的他都下意識衝了過去。

之後我就沒有記憶了，只感受到強烈的衝擊和劇烈悶痛。

後來連這些感覺都隨著意識一同遠去。

但遭受撞擊的前一秒，還有另外一道衝擊狠狠撞上我的肩膀，唯獨這件事深深烙印在我的腦海裡。

♫

下一次醒來就是在醫院了。

我睜眼之後，醫護人員陸續出現在我眼前說了幾句話，後來換一臉嫌棄的父母走進病房，中途連警方都出現了。但我不記得跟這些人說過話，或許就只是做了點不清不楚的交流吧。

我只是不斷詢問「他的狀況呢」，但始終沒人能回答我的問題。

調節得舒適穩妥的溫度和濕度反而讓我感受到一種人工的冰冷，對身體好的醫院餐一點味道也沒有，醫院生活讓我連對時間的感覺都麻痺了，我逐漸失去活著的感覺。

為了不讓自己悲觀，不再受到傷害，我像從前那樣將情緒藏在心底，決定讓自己變得毫無感情，就這樣過了一天又一天。

看樣子我因為車禍變得半身不遂。

醫生說只要持續復健就能恢復行走能力，生活也不成問題，但我已經不再信任他人，無法將這些話照單全收。只是不成問題而已，應該不能恢復原狀吧？這股疑心不減反增。

重點是他的狀況。

我都傷成這樣了，他在車禍瞬間要保護雫，又要拯救衝出去的我，傷勢不可能比我還輕。沒有人願意把他的狀況告訴我，我就有最壞的打算了。

某一天，我依舊無所事事地虛度光陰，連在他幫助下交到的朋友前來探病都隨便找藉口婉拒，最後失去一切毫無動力的我忽然心血來潮坐上輪椅，特地搭電梯來到頂樓。

醫院的頂樓占地廣闊，感覺比曾經不小心誤闖的學校頂樓還要寬敞。因為醫院跟學校不一樣，設計的目的就是為了開放患者進入，才會給人這種感覺吧。

頂樓一隅的長椅上坐著一個人，既然有人在，我本想按原路折返，卻忽然在那人身上看見讓我心儀許久，目光總追著他跑的那個人的影子。

我下意識往人影走去。就算拋棄了所有感情，唯獨對他病況的擔憂始終無法捨棄，我從來沒有忘記過他。

越靠近與他相像的人影，就越覺得那人是記憶中的他。長椅旁放著拐杖，他果然也受傷了，但幸好沒有像我一樣要坐輪椅，讓我安心不少。

「請問……」

我出聲搭話，並祈禱自己沒有認錯人。

他轉頭看向我，用記憶中那抹溫柔笑靨和熟悉的親切嗓音回答「午安」。這種莫名生疏的感覺，是因為他再次見到我有些彆扭嗎？

「我坐你旁邊喔。」

我強忍重逢的喜悅來到他身邊，可是……

「……！」

看了我的反應，他刻意舉起那隻手向我示意。不對，那裡已經沒有可以稱為手的部位了……

「醒來之後就變成這樣了。」

他面露苦笑，舉起失去手掌的那隻手。

他的口氣中也透露出剛才感受到的生疏感，這些態度讓我有種不祥的預感。

「雫沒事吧？」

他的身體再也不能彈鋼琴了。我心中浮現出這股懊悔的情緒，但我告誡自己不能失去理智，卻還是試著詢問讓我掛心不已，除了他以外的那個人。結果……

「雫好像只有輕傷。」

他這麼說，但下一句話卻將我狠狠打回現實。

「……妳是雫的朋友嗎？」

「……！」

我啞口無言。

深埋在心中的情感陸續湧出，化為實體從我眼角滾滾而下，完全停不下來，彷彿在宣洩壓抑許久的情緒。

「對不起！我是不是說錯話了？」

他拚命對我道歉，但他的模樣讓我無比憐愛，又悲痛欲絕。

——他失去了跟我有關的記憶。

「我是你未來的戀人。」

我眼眶含淚，卻意志堅定地這麼說。

於是我便開始逞強。

♫

自那天起，雖然在醫院時不時能和他見面聊天，但他依然不記得我是誰。我甚至覺得，如果告訴我遇見他以後的那段時光才是一場夢，我反而能接受。與他相遇後，我找到興趣交到朋友，還墜入情網。

回顧我過往的人生，根本不可能會有這麼濃烈的回憶，對我來說簡直是青天霹靂，如夢似幻的每一天。所以如果告訴我這真的是一場夢，我反而能心安理得。

但與他共度的那段時光竟被當成夢境或虛假一筆勾銷，唯獨這一點讓我悲傷得無以復加。

他失去記憶，就代表能證明往日回憶的人只有我自己。一定不會有人把我單方面的言論當一回事，往事就會煙消雲散。

這些想法經常縈繞在我心裡。每當我想起他，見面時體會到他忘了我的事實，切身感受到現在與過往的落差，內心都會萌生出「為什麼會這樣……」的感受，回過神才發現情緒已經滿漲到難以忽視的地步。

不知不覺間，這份感情凝聚成「如果當時沒有發生車禍……」的懊悔，轉眼間就將我消沉喪志的心侵蝕殆盡。

某天我摔下輪椅倒在醫院的油氈地板上，雖然只能聽見遠方傳來護理師焦急的聲音和倉促的腳步聲，但我還是失去了意識。難以抵擋的睏意席捲而來，這就是被拉進夢鄉的感覺吧。我茫然地心想：人死的時候是否就是這種感覺呢？

——這真的是一場夢。

醒來後，我發現自己不在醫院，卻是跟醫院一樣惱人的自家中。無法動彈的腳居然可以自由活動，完全不知道發生了什麼事。

手邊有一支沒見過的手機，外頭昏暗又寧靜，可能是深夜時分。

總之我打開手機，發現日期是九月一日，時間標示處出現了【17517:13】這串不可思議的數字。

我絞盡腦汁思考現狀和這支手機，就忽然感受到一股劇烈頭痛，同時有一段影像傳進我的腦海。

我強忍疼痛等待症狀緩解，卻被自己記憶中的矛盾所震驚。這是一種筆墨難以形容的感覺，充滿不合理。

我的腦袋出現亂象，明明是同一個時間點，居然有兩種記憶。

一個記憶是車禍當時，我和他為了救即將被貨車撞上的霏，衝上前卻遭遇車禍。同時還有另一個記憶是，霏即將被小貨車撞上，我和他卻只是僵在原地眼睜睜地看著。

雖然零碎又模糊，腦中卻同時存在這兩種相反又矛盾的記憶。

「這是，什麼……？」

我憑著這段記憶度過往後的每一天，並採取行動，首要目標就是要找出他的行蹤。

但這個行動也立刻失去意義。

我馬上就查出他還活著，看到他跟我一樣四肢健全毫髮無傷，我暫時鬆了口氣，但僅限於外表而已。

找到他的時候，我嚇得瞪大雙眼。以往溫柔的他已不復見，總用混濁又憔悴的眼神空虛地遙望著遠方。連我跟他搭話時，他也只回了句「妳哪位？」狀況反而比以前還要糟。

看到一則當地報導後，原因才水落石出。

【羽柴 遭貨車撞擊身亡】

——事實反轉了。

這時，我發現那支手機收到一則訊息。

哪怕只有蛛絲馬跡也好，我想得到目前這個狀況的線索，便毫不猶豫地點開訊息，結果讓我驚訝又畏懼。

【如果可以改變過去的選擇，妳會怎麼做？

妳希望看到自己和他沒發生車禍的可能性。

妳殷切盼望，不惜付出多大的犧牲。

這就是妳期望的世界。

這就是妳期望的夢境。

毫無意義，可有可無，卻還是讓妳苦苦盼望的虛假世界。

妳想進入這場有時限的夢境嗎？】

chapter.06

半夢半醒的倒數計時

あの夏、夢の終わりで
恋をした。

八月二十三日

「……如果我說這個世界有時限，你會怎麼做？」

她說的這句話安靜又沉重地迴響著。

「妳在說什麼……」

「透。」

咲葵直盯著心生動搖的我，用更沉著的語氣喊了我的名字。

「我們來對答案吧。」

「什麼意思？」

「我要把我知道的秘密全都告訴你。」

「……」

「其實時間也所剩無幾，總有一天得說出來。」

咲葵自顧自地認同自己的說法並點點頭，我完全搞不清楚狀況，也跟不上她的話題。

秘密是什麼？那支手機又是什麼？

「我得先把隱瞞已久的秘密告訴你。」

「隱瞞已久……？」

現在的我只會重複她說的話。

我在那支手機看到的只有類似小說的文章，還有像計時器每隔一分鐘就會減少的數字而已。雖然對那些文章有點疑慮，但我本來只覺得是自己想多了……但果然沒錯。

「早在那天的咖啡廳相遇之前，我跟透就已經認識了。透應該已經忘得一乾二淨了吧，但也不能怪你。」

果然沒錯。

其實在咲葵過去的對話當中，曾經用很久以前就認識我的語氣說過話。

現在重新回想，那種口氣不是出現過好幾次嗎？

就是咲葵在想參加的演奏會甄選失利的那個雨天。

「我想聽你彈鋼琴。」

「嗯，因為我一直在猜你是不是會彈鋼琴。」

雖然是咲葵落選後提出的要求，但這句話的語氣就像她早就知道我彈過鋼琴。

聽到我彈了那場演奏會的第六首不知名樂曲時潸然淚下的模樣，也讓我耿耿於懷。她不但約我去看那場演奏會，既然她說國中時期——我以前經常去那場演奏會的時期——就經常去看演奏會，或許我們就是在那裡認識的。

當時咲葵哭著說出「對不起」這句時機不明的道歉，若硬要用「跟我在一起卻有所隱瞞」這種方式解釋，也不是不能理解。

重點是……

「……我一直都看著你。遠在羽柴找到我之前，我就喜歡上羽柴了。」

當時她告白的那句話。

明顯就是從以前就認識我的口吻。

「……不能被困在過去，否定自己的一切喔。」

這句也是。

她只是從以前就認識我而已嗎？還是從一開始就對我的過去也瞭若指掌？

可是這麼一想，很多事情就說得通了。

但如果我們本來就認識，我敢保證自己不可能忘記這個讓人印象深刻，第一眼就深深吸引我的女孩。

「我是在國一，也就是透國二的時候遇見你的。」

她訴說著我未知的記憶。

「你看過手機了吧？看到哪裡了？」
「看到第四篇『為已逝公主的孔雀舞曲』。」
「這樣啊，那你還沒看到那一段。」
咲葵這麼說，又繼續說道。
「不過，是啊，在第四篇之前登場的女孩跟男孩，就是我跟透。我在四年前就遇見了你，也一直喜歡著你。」
雖然她這麼說，我卻一點印象都沒有。
「你是不是覺得『我一點印象都沒有』？那也是有原因的。」
「原因……？」
「嗯，我不是說這個世界有時限嗎？」
她確實說過這種亂七八糟的話。就算是出自咲葵之口，我也沒辦法馬上相信這種不合常理的說詞。
有時限的話，表示時間一到就會消失無蹤嗎？就算找遍全世界，也不會有人無條件相信這種光怪陸離的事吧。
「我們此刻所在的世界，對我和透來說都是虛假的。或許也可以說是夢中的世界。」

「……」

「你可能聽不懂我在說什麼，聽完我接下來的說法可能會不太舒服，但我會一五一十地告訴你，希望你能好好聽到最後。」

直到方才還在天真笑鬧的她忽然一反常態，被她嚴肅的眼神直盯著看，我也只能點頭同意。

「透，你還記得雫車禍當時的情況嗎？」

「記……記得，當然記得，畢竟我一直後悔到現在……」

「對吧，那你還記得當時周遭的情況嗎？車禍發生當時周遭有些什麼？你跟誰在一起？」

被她這麼一問，我才終於意識到自己對車禍當時的記憶只有雫悽慘的死狀，同時也恍然大悟，從咲葵盯著我的眼眸中感受到堅定的意志。

「當時我也在你身邊。」

「怎麼可能……」

「我也目睹了雫那場車禍。」

明明發生過這種事，我卻把咲葵忘了？咲葵也一直沒說出口嗎？

這些想說的話、難以理解的情況、無法整理的資訊和情緒，狠狠在我心中翻起滔天巨浪。

「然後啊，雖然你說是自己不夠勇敢才救不了雫，但其實不是這樣的，完全不是。」

「什麼意思……」

「透本來要上前拯救雫，是我硬把你攔下來了。情況在這個世界變成這樣了。」

我一時沒聽懂她對我說的話。

咲葵阻止了我？表示咲葵對雫見死不救？而且「在這個世界」又是什麼意思……？

「可是你仔細聽好。」

她的聲音讓我在千鈞一髮之際找回平常心，並聽見整起事件的全貌。

「但這也是假的，這個世界發生的所有事都是假的。」

一個人的死，自己最重視的人的死，都是假的……？

隨著這股衝擊湧上心頭的怒火開始主宰我的思想。

我心想「就算是謊言，也不該開這種玩笑吧」。

但她甚至連我的心聲都察覺到了，繼續開口道：

「我不是在開玩笑，這一切都是假的。車禍發生那一刻到現在的這兩年都是假的，只是夢境中的幻影。」

「……那算什麼啊！這個世界到底算什麼啊！真正的世界又是什麼！」

無法控制的部分怒火從這句話中流洩而出。我想保持冷靜聽她解釋，但也覺得實在無法原諒。只有這件事不能開玩笑，也不能隨意觸碰，她卻狠狠地踩了我的底線。

——雫的死，和咲葵共度的日子，全都是假的嗎……？

「這個世界是『假想的』，我和透可以像這樣對話，宛如夢境一般……你記得我們去看了〈IF〉這部電影嗎？」

她怎麼忽然轉移話題？現在不是回憶的時候吧？我連回話的餘力都沒有，只是兇狠地瞪著咲葵。

「透之前跟我說過吧，〈IF〉原作和電影的劇情會在中途出現分歧，結局也不一樣。」

「……是啊。」

我記得自己說過這些話。遇見咲葵那天偶然購入的戀愛小說，就是將咲葵在演奏會甄選時彈奏的曲目作為主題曲的電影原作。但因為電影是原創劇本，所以我把「劇情會在中途出現分歧」這件事當成觀影前小知識告訴她。

「道理是一樣的。我跟透原本所在的世界是原作，現在踏足的這個世界是為我們而創，產生分歧的電影世界。」

我明白她的意思，卻難以接受。雖然她主張這個世界是假的，但正因為我們身處這個世界才能擁有自我意識，我實在不認為這個世界是小說那種虛構產物。是我這個讀者誤闖了小說世界，我甚至覺得這才是相對合理的猜測。

「……『為我們而創』是什麼意思？」

她說的話充滿疑點，所以我才想問問她所認為的虛構情節設定。

「這個世界是我們兩人的夢境。」

「……」

「來聊聊真正的世界吧。」

往無言以對的我瞥了一眼後，她調整呼吸，我也深切感受到她在提醒自己不能遺漏任何細節。雖然無法相信她所說的內容，但我明白眼前的她說的每一句話都是認真的。

但她第一句話就讓我無法原諒。

「首先，雫在真正的世界還活著。雖然發生車禍，但幾乎毫髮無傷，日常生活似乎也無礙。」

「……！」

我不是要妳別提這件事嗎——我頓時被激怒，差點就要把激動情緒發洩在咲葵身上。

眼前的她看見我的反應便咬緊牙關，渾身微微顫抖，眼眸深處還有幾分拚命隱藏卻若隱若現的恐懼。

我知道自己嚇到她了，這也讓我稍稍找回冷靜。

「抱歉……」

「沒事，我也知道自己說了奇怪的話，也知道透聽了心情一定不會好過。」

她繼續說道。

「但這些事一定要跟透說清楚。」

眼前的戀人露出無比真摯的表情。

咲葵說的話確實令人難以置信，但她不會為此不惜說出惡意的玩笑話，這點我應該是最明白的，我這個戀人一定要明白才行。

或許是發現我的情緒穩定下來了，咲葵繼續開口，我隱約感受到接下來就要進入正題了。

「可是啊。」

「……」

「雫雖然平安無事……我和透，尤其是透沒有全身而退。」

從話題的走向來看，我實在無法想像。

「透一點也不膽小喔，一看到貨車開過來，你馬上就衝出去了。你保護的不只是雫，還有在你身邊的我。」

「……！」

我去救雫了嗎……？

一直以來我都為當時動彈不得的自己深感懊悔，因為心懷不甘，才造就了此刻的我，但她卻說我當時有採取行動……？

咲葵說話時神情相當複雜，卻帶著對我百分之百的信賴和慈愛。比起話語，此刻咲葵的表情讓我感受到最大的善意。

她的話句句屬實，彷彿對我毫無記憶的行動由衷肯定，也讓我真切感受到自己真的為了救人而採取行動。

「透，你確實從那場車禍中救出了雫。」

她那充滿慈愛的嗓音，藏著下一秒就會落淚的危險。

這樣啊……原來我有上前搭救。

「可是……」

「嗯。」

我在這短暫的空檔作好心理準備，哪怕接下來說的話有多麼驚人，我都能坦然接受。

「我跟透受了重傷。」

「……」

「我變成半身不遂，只能靠輪椅生活。但醫生說好好復健就有機會恢復行走能力，所以真的算不了什麼。」

她那沉痛的嗓音讓我的鼓膜為之震顫，彷彿透過聽覺就能感受到她無可奈何的心情。

「可是透……」

說到這裡，過去憑著堅定意志沉默至今的咲葵變得欲言又止，可見這些話有多難以啟齒，或是不方便說給當事人聽。

我瞥了她一眼，發現她露出見者也會為之心痛的表情。雖然沒有流淚，她的表情卻跟哭泣沒兩樣，強忍淚水的模樣看起來反而更加苦澀。

「透……」

「……」

「你失去了一隻手的手掌，再也沒辦法彈鋼琴了……」

「嗯。」

「還喪失記憶。」

「這……」

雖然跟我預想中有些出入，但這些具體的內容反而像更加悲慘的現實。

「我沒有詳細過問，所以也不清楚，但你好像還記得某些事。你知道自己是誰，也記得雫，也隱約記得車禍當下的狀況。」

「那我忘了什麼？」

說到這裡我才驚覺，她說的這些我還記得的事情中，唯獨缺少了一項——

「嗯，你好像完全忘記我了。」

咲葵有些尷尬地笑了。

「……」

我啞口無言，不知該說什麼才好。咲葵說的話雖然無法盡信，但這件事未免也太誇張了。

這兩年只有她一個人還記得清清楚楚，用那纖瘦的身軀獨自承受這種難以堅持的重擔嗎？

「你跟我說過作曲家拉威爾的事情吧？」

咲葵像是要重振精神般，語氣堅毅地這麼說。

「作曲家拉威爾在五十歲左右喪失記憶，忘了以前的自己是輝煌耀眼的作曲家，卻依然深愛音樂，對音樂深深著迷。」

她強忍顫抖的聲音，用說故事的語氣這麼說。

「結果他遇見了某一首曲子，聽完後似乎表示『我從未聽過如此優美的樂曲』，而這首曲子正是拉威爾喪失記憶前所寫的〈為已逝公主的孔雀舞曲〉。他用客觀的角度，對自己以前的作品給予了高度肯定。」

這是我以前對咲葵說過的故事。雖然當時的我比現在還要裝模作樣，但那確實是我所知道的知識。

「透跟我說過這件事吧。」

「是啊。」

「你記得我是怎麼回答的嗎？」

她的回答是什麼？我記得是……

「當時我說……我希望自己在羽柴心中的地位能像那首歌一樣。」

「……」

「就算你失去記憶，我也希望能陪在你身邊，就像以前那樣。這兩年來我滿腦子都是這個念頭。」

「……」

這就是最深切的愛的告白。早在我動心之前就喜歡上我，始終將我放在心上的純粹單相思。

「那天在咖啡廳打工時，我真的沒想到透會找我搭話，其實我本來想去找你的。」

「妳知道我會來？」

「不，我不知道，但我在路上看見你的身影，還看到你走進店裡，就臨時請店家讓我打工。」

真是太離譜了，世上會有這麼剛好的事情嗎？還是就像她說的，這一切都像作夢一樣？

「妳平常就在那間咖啡廳打工嗎？」

「沒有，所以才說是臨時啊。因為沒有服裝，我才穿著制服演奏。」

她確實穿著制服，咲葵當時的模樣深深烙印在我的腦海，所以絕對不會錯。

「你可能難以置信，但真的可以，因為這個世界是夢的世界。」

「夢？這只是比喻吧……」

「真的是夢……透，你聽過清醒夢嗎？」

咲葵忽然拋出這個問題。

「當然聽過，是可以清楚意識到自己在作夢的夢對吧？」

「對，在夢裡能直覺感受到自己正在作夢。」

「難道妳的意思是，這個世界是一場清醒夢？」

「就是這個意思。」

不是比喻，這個世界真的是一場夢？

難以置信的資訊接二連三強塞進來，讓我的腦子變得混亂，甚至開始拒絕接受這些情報。

「那你知道清醒夢的特徵嗎？」

「不是能感受到自己在作夢嗎？」

「嗯，不只這樣。」

「那我不知道。」

「在清醒夢當中，幾乎所有事都能如自己所願發展。」

隨後她將過去發生的事一一列舉，感覺就像事先準備，等哪天聊到這個話題時能說服我，也像是為了讓我接受這荒唐無稽的一切預先播下的種子。

「你不覺得一切事物的進展都很恰巧嗎？」

「……我只知道妳剛才說的，遇到我就能馬上找到打工的事。」

「這樣啊，那去鋼琴老師家的時候呢？」

聽她這麼問，我忽然靈光一閃。

「對講機嗎？」

「對，平常上課時都會關閉的對講機聲音，卻只在我們去的時候響了對吧？」

「但只憑這件事，或許只是偶然……」

「我們這段時間去演奏會的時候，也是一到現場演奏就正好開始了吧，那個時間點也很恰巧，完全如我所願。」

「……」

「我會在鎮上的演奏會甄選落選，也是因為我真正要你做的不是幫我參加演奏會。」

當時我覺得她一定會通過甄選，難道也是按照她的意思才會落選嗎？

「我就是用這種方式，讓我和透身邊的狀況都能在無意間往順遂的方向發展。」

她接著說：

「還有，我第一次去透房間的時候，明明沒人去碰，燈光卻在剛好的時間點熄滅了吧？因為當時我和透都希望如此，情況才會這麼順利。」

「……」

順利。每當她點出這些情況，就會讓我想起日常生活中的諸多細節。

但我心中名為常識的理性，卻想否定她這些謬論般的道理。

這個世界是一場夢，雫在真正的世界還活著……？

我已經沒辦法消化這些內容了。

「那我待會說的這些事如果真的發生了，你就相信我說的話吧。」

「……什麼事？」

「我說還剩兩個過去需要清算，那就是透的家人，雫跟你的父母。」

「但我父母遠在外地工作。」

真的很遠，意思是跨越國境在海外工作。

「那就從現在起祈禱父母會回來，我也會一起祈禱。」

「難不成……」

「嗯，如果你父母真的回來了，就請你相信我。」

「但我父母在海外啊……」

就算現在出了什麼大事，拜託父母「現在馬上回來」，準備工作和交通方面還是需要幾天時間。這一點咲葵應該也不難想像，卻還是敢如此宣言，就表示她覺得這是最能提升信賴的條件吧。

「越難達成的條件才越值得信賴吧？」

「……」

今天我老是吞吞吐吐，這也沒辦法，畢竟一切都太離奇了，無條件相信反而才奇怪吧，就算是出自心上人之口也一樣。

「今天就先回去吧，或許不太容易，但請你盡可能把思緒釐清，時間已經不多了。」

「時間……？」

「時限只到八月底。」

「……」

「如果你願意相信我，就來那個演奏廳吧。」

我依舊無言以對，而咲葵說完這句話就離開了，只有咲葵遠去的腳步聲聽起來格外清晰。

如果一切只是夢就好了，我雖有這種自暴自棄的想法，但也接受這個想法未必有錯的事實，於是放棄思考。

空虛至極。

現實就是如此無情。

我一次又一次地嘆氣。

甚至覺得我的幸運全都溜走了。

隔天早上，我被家裡的聲響吵醒。平常這個家充斥著寂靜，一點聲音也沒有，但這個說法只能套用在我一個人在家的時候。

簡單來說，家裡有人。

我揉揉惺忪睡眼用迷糊的腦袋思考，家裡一早就有聲響的事實代表了什麼。

看來我只能相信咲葵說的那些空談了。

♫

在思緒未定的迷糊腦袋想了一陣後，我在傍晚時分走出家門。

夏日黃昏的城鎮彷彿跟氣溫一樣漸趨平靜，空氣中帶著幾分惆悵。某處傳來了風鈴聲，周遭還能聽見加深淒楚的暮蟬鳴叫聲，給人一種夏日將盡的預感。

身體有種近似飄浮的奇妙感覺，原因是睡眠不足。聽了那種脫離常軌的解釋，怎麼可能輕易入睡呢？

到了早上睡意才終於來襲，睡了一會又被家裡的陌生聲響吵醒。意識到那是不可能回家的父母後，我的意識便徹底驚醒。

如此接二連三的偶然，實在不太能用單純的偶然來解釋。

或許咲葵從很久以前就在精心準備，只為了讓我在這一刻到來時能盡可能接受事實。

但她的貼心卻給我帶來痛苦。

我絞盡腦汁，也不知該如何明確表達我此刻對她的感情，甚至連見到她時自己想說什麼都不知道。

但我已經答應她了。因為父母真的如咲葵所說不到一天就回家，我也不再把她的話當成無稽之言決定相信她，所以有必要去找她把話說清楚。

小型演奏廳，應該跟我以前來的時候一模一樣。我不認為這片景色是假的，也不敢相信在今年夏天遇見咲葵之前也曾和她像這樣來到這裡。無論如何都想不起來，沒辦法與她共享回憶，為何會讓我如此焦慮呢？

「咲葵。」

觀眾只有我和咲葵兩人，我朝著獨自坐在觀眾席的她喊了一聲。

我已經知道像這樣沒有其他觀眾，就算觀眾只有我跟她也依然舉行的演奏會，全都不是偶然。在我入座就定位的那一瞬間，演奏就會正好開始吧。

這個世界真的是以我和她為中心在運轉。

「你來了啊。」

「是啊。」

「你相信我了呢。」

「……只是不得不相信而已。」

我也在她一旁就座，就像以往那樣。

結果沒過多久演奏會就開始了，時間點之巧妙也已經無須懷疑了。

「也好幾天沒來這裡了呢。」

「是啊。」

我不知道該說什麼才好。

「〈月光〉這首曲子真的很棒呢。」

「是啊。」

「透……」

「嗯。」

「……」

「……」

我和她之間第一次出現這種尷尬的沉默。

見我態度如此，咲葵也無言以對。看了我的反應，她才想用比平常開朗的態度對待我吧，但我現在沒有餘力理睬。

我沒辦法像以前那樣跟她相處，不管怎麼聊都無法擺脫生硬的感覺，就算費盡唇舌也沒辦法明確表達我此刻的心情。要是我隨便開口說出不必要的話語，處境或許會比現在更尷尬。儘管如此……

「那個……」

「我是因為相信咲葵的話才會過來，但我不知該說什麼才好。」

我打斷她的話直接坦承我的心聲。我認為不該把對她的憤怒、悲傷或空虛發洩在她身上，但我還是不知道如何處理這些情緒。

但咲葵繞過我的話題開口詢問：

「……你跟父母聊過了嗎？」

「怎麼這麼突然？」

「要清算過去啊。我說過，你還剩下父母跟雫要清算。」

咲葵是為了讓我清算過去，才刻意希望我父母回家，如今我才意識到這一點。她的計畫不僅很難實現，還得讓我清算過去。她一定在今年夏天遇見我之前就考慮到會發生這種事了吧。

「沒什麼好清算的，我的家族沒有瓦解，也沒有嚴重失和。只是因為沒辦法接受雫死去的現實，他們逃到遠方找了個方便的工作，而我只是找不到方法逃避而已。」

「那也一樣，你應該有些事要做吧？」

她雖然這麼問，但真的什麼也沒有。

見我不發一語，咲葵繼續提問。

「你們是怎樣的家庭？」

怎樣的家庭啊。這個問題讓我想起我始終不願回想，過去曾幸福洋溢的家庭。

我們是很圓滿的家庭。父母都從事跟音樂相關的工作，總忙得不可開交，幾乎很少全家人圍著餐桌一起吃飯，但我跟雫開始學鋼琴和小提琴，希望兄妹倆同台演出的夢想，父母都由衷開心地給予支持，不管再忙都會趕來參加我和雫重要的音樂競賽。

雖然都繞著音樂打轉，但音樂也牽起了我們一家人。

這些過往回憶帶著耀眼的光芒。

「……」

我很渴望這種家庭。

沒有音樂也無所謂，畢竟我只是把從小學音樂當成取悅父母的方法。

只要家庭和睦就好了。

「你想起什麼了嗎？」

「……不，並沒有。」

「是嗎？」

「是啊，趁父母在家的時候聊就行了。」

「這樣啊，那就好。」

說穿了，在我把咲葵口中宛如空談的事實視為事實的那一刻，就沒什麼好清算了。

「再說，清算也沒什麼意義了吧。」

我覺得很合理。事到如今即使清算了，發生在這個虛假世界的任何事不久後也會消失。我曾經存在的事實，做過某件事的痕跡，全都會消失殆盡。

所以事到如今做什麼都是枉然。

「你錯了，還是有意義。」

「這話有什麼根據？現在我們不會在任何人的記憶中留下痕跡，做什麼都是……」

「不是枉然。」

咲葵的語氣中帶著不容分說的堅毅。她雖然沒表示根據為何，我也無法接受，但在這句話面前也只能乖乖閉嘴。

一陣清冷的旋律穿透了這股沉默。情緒飽滿的音色在靜謐會場中悲戚地迴盪，現在聽了會讓人覺得過於感傷。

「透，你有話想跟我說吧？」

「……」

「你有哪裡不懂就儘管問，如果有話想說，無論如何我都願意接受。」

「什麼啊。」

「因為我能做的只有這些，所以別客氣儘管說吧。」

「……」

「想說什麼就說吧，因為你一直在忍耐啊。」

我不確定自己想說什麼，也什麼都不想說，我覺得說再多都沒有用。

儘管如此，她還是催促我「喏，說說看呀！」

所以我才心不甘情不願，用小到可能會消失在安靜旋律中的微弱音量呢喃了一句。

「……我為什麼會忘了咲葵呢？」

可是一說出口就停不下來了。

「因為你喪失記憶了，這也沒辦法……」

「不對，我是問為什麼會喪失記憶。或許說了也沒意義，但怎麼能用『沒辦法』三個字就放棄說明呢？這未免……太離譜了。」

「嗯，也是……」

情緒開始流洩。一旦找到細小出口，這股不知名的情緒就流露而出，將那個出口漸漸撐大。

這些都堆砌成不該宣洩的情緒和言詞。

「……我不需要犧牲了雫的世界，也不能原諒這種世界。」

我不假思索，不斷說出自私的話語。

「既然知道我是誰，那妳一開始就該告訴我啊。」

咲葵知道一定要經歷千辛萬苦，我才會對她釋出信任，所以才會在這個時間點坦承一切。我明知道她的苦心，但開口後就停不下來了。

「告訴我該怎麼做，事到如今聽到這種話，我怎麼可能馬上接受啊。」

「再說，就算妳知道我忘了妳的原因，還是可以告訴我啊。」

我知道對咲葵抱怨再多也沒用，但我依然無法克制自己，還是忍不住說出口，甚至覺得這是自己忍讓至今該有的回報。

「如果我跟這個世界的人一樣一無所知地邁向終點，也不會這麼痛苦了。」

這也是我的真心話。或許是察覺到自己的真實想法，我才會如此失控吧。

「我過去這些苦惱都算什麼！」

「我對雫懷抱的罪惡感又算什麼啊！」

「為什麼雫非得經歷死亡這種悲慘的遭遇啊！」

「一直以來我是為了什麼而忍耐……」

這些話不是疑問，而是完全以自我為中心，甚至算不上主張的自私言論。咲葵卻始終沉默聆聽，且全盤接受。

「妳為什麼一句話也不說啊……！」

看了她的反應，我依舊憤怒地破口大罵。

「因為我已經決定，不管透說什麼都會全盤接受。」

「……什麼啊。」

太悲慘，太愚蠢了。意氣用事往往會帶來後悔，我應該比誰都清楚，卻對最不該做的人做了這種事。

「咲葵，妳說句話啊。」

「我不說。」

「把想說的話說出來，狠狠譴責我啊……」

「我不要。」

此刻我真希望優美的鋼琴演奏旋律能變成責罵我的話語。

「……咲葵，妳為什麼要跟我這種沒有明天的人建立關係？越走只會越辛苦啊。」

歸根究柢還是這件事。

我、咲葵和這個世界都沒有未來，那她為什麼要笑著跟我談論未來？為什麼要跟我更進一步？為什麼明知會辛苦還是要跟我相遇？為什麼、為什麼、為什麼……

「咲葵，妳不痛苦嗎？」

「……」

「我痛苦到快受不了了。」

雖然列出許多理由，到頭來最讓我揪心難受的理由，就是無法盼望與咲葵共度的未來。

早知道會變成這樣，還不如不要相遇，我甚至這麼想。

「沒辦法和咲葵一起邁向未來，讓我很痛苦。」

再勉強走下去也只會分崩離析，所以……

「跟咲葵在一起，讓我很痛苦。」

我將這句話脫口而出。

我不在乎會不會後悔，就算再怎麼後悔，我也沒什麼可失去了。

我起身離開現場。這是我第一次在演奏途中離席退場，但連我這種愚蠢的行為都會在幾天後消失無蹤，那就無所謂了。

直到我走出演奏廳，她都沒說一句話，眼神也沒有交集。

只有臨走前看見咲葵低頭的樣子仍烙印在我腦中，讓我感到心如刀割。

♫

我漫無目的地走在路上。

看著幾乎沉入地平線的孤單太陽，我非常羨慕。就算入夜後人們看不見太陽的存在，一到早上太陽依然會升起，這讓我很羨慕。

起床，跟她見面，用「明天見」來道別，睡覺，起床，再跟她見面。仔細想想，這就是我今年夏天的每日例行公事，我與她度過的每一天，就像太陽東升西落那樣自然。

可是這個世界即將毫無預警地在幾天後迎向終點，恐怕除了我跟咲葵以外的人都沒能察覺。有她在的每一天已成了理所當然，卻要突然消失。

雖然沒有真實感，心中卻有預感，我總預感自己即將從夢中醒來。

……雫離開人世，而我跟咲葵平安存活的想像世界。

我跟她在虛假的世界中作夢。夢境中我們相遇，共度時光，墜入情網，感受幸福。

「唉……」

不知不覺我來到了學校，這個充滿回憶的場所早已變成我與咲葵的集合地點。一想到連跟她共築的回憶都會消失，我就傷心欲絕。

雖然最終離校時間剛過，卻還是可以進去學校。這或許也是因為我下意識的盼望導致情況順利發展，但現在想這些也無濟於事。

我完全不想思考，來到了音樂教室。

我想彈鋼琴。雖然指法逐漸生疏彈不出令人滿意的演奏，依然是最能讓我停止思考的方法，因為在演奏中我只能思考演奏的這首曲目。

走進音樂教室後，我沒有開燈，只是傻傻地看著鋼琴。在只能倚賴月光照明，視線也模糊難辨的昏暗教室中，我敲響了琴鍵。

這是我雙手還有肌肉記憶的唯一一首曲子，就是那場演奏會的第六首不知名樂曲。我彈奏那首曲子一遍又一遍，讓各種思緒混雜交織，彷彿要將情緒宣洩在琴鍵上。我的情感化為音符，充斥著教室每個角落。

「……」

卻只是越來越空虛。

簡而言之，這首和其他五首曲子都充滿與咲葵共處的回憶。一聽到這幾首曲子，就會無條件想起她的身影。

——對了。

演奏會演奏的那五首曲名都有記錄在那支神秘的手機上，將我和咲葵過去的種種用類似小說的文體記錄下來。

第一首〈月光〉描寫了相遇過程，第二首〈悲愴奏鳴曲〉寫下了相遇後產生的變化，第三首〈愛之悲〉記錄了兩人的時光，第四首〈為已逝公主的孔雀舞曲〉寫的是關係的轉變。我只讀到這裡所以不太確定，但第五首〈離別曲〉一定記錄了車禍當時一瞬間和後續的狀況吧。

那第六首「——」沒有記載的無名樂曲欄位，記錄了什麼樣的故事呢？是不是進入這個虛假夢境世界之後的事？還是和忘了自己的我再次相遇前的事？我忽然好奇得不得了。

她說在國中時期就遇見了我，並一直追逐我的背影。好不容易進展到可以共享兩人時光，感情也慢慢升溫時，發生車禍的我喪失了記憶。

當時的咲葵該有多絕望啊。如果在長年的思慕得到回報時失去一切，會是什麼樣的心情？如果是現在已經明白「喜歡」心情的我，或許多少能察覺到咲葵當時的情意。

儘管如此。

儘管如此，咲葵還是不肯放棄我們之間的關係。就算被我遺忘，來到這個虛假的世界，咲葵還是沒有死心。

她到底熬過了多少委屈，又有多勉強自己，拋棄了多少感情？光是想像就讓我無比心酸。

咲葵總是為我著想，相遇前如此，相遇後依舊，永遠支持著我。為了讓我相信這個世界的真相，她看準時機跟我坦白；為了不讓我留下遺憾，她陪著我一起清算後悔。

咲葵的目的肯定不是「真正意義上的交往」，因為回到原本的世界後，我可能還是會喪失記憶，所以才為我精心策劃，好讓現在的我不要留下遺憾吧。

比起喪失記憶的我，咲葵心中的罪惡感或許更強烈。她不只目睹了雫的意外，因為期望這個世界才讓情況演變至此這件事，也只有她一個人知道。

她無法對任何人坦白，過去只能獨自痛苦，但咲葵臉上從來沒有一絲難受，也沒有一滴淚水。

咲葵只在我面前掉過兩次眼淚。

一次是我為咲葵彈奏那首歌的時候，一次是我用「和我交往吧」這句話跟她告白的時候。有可能是喜極而泣，但她的眼淚中一定不是只有喜悅之情。

每當我們的關係更進一步，咲葵一定都為這場夢境的尾聲，也就是關係結束的那一刻——感到悲痛欲絕。

我完全沒發現。如果事態沒有演變至此，我根本看不出來。

明明她總是默默懷著這份感情面對我。

「咲葵……」

我心中滿是懊悔。遇見她之後，我總是在後悔。

即使如此，我也不後悔與她相遇。

往後我也不想再後悔了，我在心中發誓絕對不再後悔。

有件事我現在就想告訴她，一定要告訴她才行。

心中再無迷惘，只想為了不後悔而採取行動。

咲葵、咲葵、咲葵——！

我在心裡喊了無數次。

我用激動顫抖的手操作手機，螢幕上顯示出她的電話號碼。

她還在演奏廳，可能不會發現我打給她，可我不能再坐視不管了。

「拜託妳接電話，咲葵……！」

然後——

「透，怎麼了？」

回頭一看，只見咲葵站在音樂教室門口，將手機貼在露在外面的耳朵旁。

「咲葵……」

「我在這裡。」

這回答讓我開心得不得了，她出現在我眼前的事實，讓我雀躍不已。

為了把想傳達的話語告訴她，我走到她身邊。

然後面對咲葵，看著她的雙眼說：

「謝謝妳。」

「真的很謝謝妳。」

咲葵一臉驚愕地看著我，我仍滔滔不絕地說：

「……」

「謝謝妳一直支持著我。」

「……」

「謝謝妳和我相遇。」

聽我這麼說，咲葵的表情逐漸從訝異轉為困惑。她露出困惑的笑容，卻還是認真地聽我訴說。

我忍不住將她擁入懷中。

緊緊擁著她，嘴巴卻停不下來。

「妳一定很辛苦吧。」

絕對不是我能想像的程度。

「對不起，讓妳孤獨了這麼久。」

「……」

「妳很努力吧。」

「……嗚嗚……」

聽到嗚咽聲後，我用手托住咲葵的後腦勺，用比觸碰琴鍵更輕柔的力道撫摸她形狀漂亮的頭。

「……啊啊啊，嗚嗚……」

她在我懷裡哭了起來，忍著不敢發出聲音。

我輕撫她的頭，彷彿在說「可以不必再忍耐了」。

「真的很謝謝妳。」

然後。

「我喜歡妳。」
對她這麼說。
之後好一段時間，現場都只有她輕微的啜泣聲。

chapter.07

在夢境尾聲思念妳

あの夏、夢の終わりで
恋をした。

八月二十七日

「初次見面，我是正在跟透交往的日向咲葵。」

咲葵的語氣十分乾脆，她強忍緊張，卻還是勇敢面對。

「……」

「……」

兒子的戀人忽然來訪，讓我爸媽啞口無言。他們的嘴巴完全合不攏，實在不是在戀人面前該出現的表情，但是無所謂。

最後我和咲葵決定把握剩餘時間清算過去。這只不過是一場夢，真有必要製造回憶嗎？我雖然有些疑惑，但既然咲葵提議「還是清算吧」，我也決定這麼做。

首先要清算的就是我和父母的關係。

「爸、媽，這是我的女朋友。」

被我的話拉回現實後，父母紛紛回答「啊啊，妳好，初次見面」，臉上仍帶有明顯的驚慌神色。

「聽說兩位非常忙碌，我還臨時登門拜訪，不好意思。」

「別……別這麼說，透從以前就一直在彈鋼琴，從來沒有帶朋友回來過，所以我有點驚訝……」

「媽，不是朋友，是戀人啦。」

「對……對喔，說得也是。」

媽媽已經嚇得有些驚慌失措，爸爸則持續沉默著。要向這兩年沒什麼機會碰面的父母介紹戀人，一開始讓我有些緊張，但看到父母比我還要慌張，我也稍微安心了些。

「我也是因為鋼琴才會遇見透。」

應該最緊張的咲葵，卻是第一個開口的人。

她有些害羞地說起我們的戀愛過程，我心想「妳在說什麼啊」並瞥了她一眼，發現她的態度跟冷靜二字完全搭不上邊，只是拚了命想找點話題聊。在我、父母和女友共處的環境下對話，讓我的精神狀況嚴重損耗。

但咲葵的態度在途中慢慢變回從容，父母也對她的和善性格相當滿意。不知不覺媽媽和咲葵開始一起準備午餐，那也是我夢寐以求的幸福畫面。

如果雫也在的話……我不禁這麼想。

我期盼的是雫還在世時的家庭，如今雫離世後再也不能回到從前，但我不想再逃避雫的死亡，想要接受事實和家人再次牽起手。

「感覺是個好女孩。」

「是啊。」

自今年正月以來，這是我和爸爸第一次說話。

我還想聽爸爸彈鋼琴，還想吃媽媽做的菜，一步一步來也好，我依然渴望溫暖的家庭。

「爸，我們別再逃避雫的事情了。」

「……」

聽我這麼說，爸爸像是吃了苦瓜般表情扭曲。

「我現在有女朋友了，所以辦得到，你們不用操心。但我也想像以前那樣跟爸媽談心。」

「透……」

「雫去世之後，我也很痛苦。我想了解爸媽的心情，所以我想跟你們再次拉近距離，慢慢來也無所謂。」

這是我內心最深處的願望，也是獻給雫最珍重的大禮。如果知道自己害家族分崩離析，最愛家人的雫應該會既悲傷又憤怒吧。

「……但我們明天就要回去工作了。」

「我希望你們努力工作，知道你們表現亮眼，我這兒子也會感到驕傲。可是……」

我將這兩年忍耐已久的話語含在嘴中。因為這是咲葵給我的機會，絕對不能白白浪費，我要用自己的方式來清算。

「等你們工作告一段落就回來吧，我還想像這樣跟你們一起吃飯聊天。」

我把心中的想法全盤托出，當著爸爸的面說得清清楚楚。

「……好、好，那當然，下次我們一定會盡量提早回家。」

爸爸說出了我在內心盼望已久的答案，如此乾脆，如此簡單。但也是因為有她在我身邊，我才能等到這個答覆。

這個世界馬上就要結束，所以我其實無法再指望能與父母共同生活，但已經無所謂了。光是能聽到這句話，我就心滿意足了。

後來我吃了媽媽和咲葵做的菜，也聽了爸爸的鋼琴演奏。談到鋼琴音色就會讓我想起爸爸，所以心中充滿懷念，咲葵則因為可以在比演奏會更近的特等席聆聽專業演奏感動不已。

爸爸也為我和咲葵彈奏了最熟悉的那首曲子。

爸爸在學生時代因為家庭因素和媽媽分隔兩地，這首似乎就是他思念媽媽所寫的自創曲，結果被喜歡音樂的本鎮鎮長聽見了，才被選為演奏會的曲目。

我們常去鎮上那個小型演奏會，最後演奏的第六首就是這首曲子。

「爸，這首曲子叫什麼名字？」

這是讓我和咲葵都相當好奇的曲名。

「曲名啊，我很少在外人面前彈奏，而且這算是爸爸媽媽的曲子，所以沒有專屬名稱，但當時是命名為『ANOTHER TIME』。因為想要帥還用不習慣的英文取名，直翻的意思是『後會有期』。我希望未來能再見到媽媽，才會取這個名字。」

終於知道好奇已久的曲名和樂曲的意義了。

聞言，我和咲葵看了看彼此，接著相視而笑。

——「太適合我們了」。

那天咲葵說「好好享受跟爸媽在一起的親密時光吧」，就早早回家了。

如她所說，那一整天我都和父母一起度過，親密無間地聊了許多他們不在時發生的事。

雖然不太像我會做的事，但只要現在能好好面對他們就好了。因為我再也見不到這個世界的父母，所以也算是另一種形式的餞別時光吧。
於是我又成功消化了一個遺憾，完成了這個世界的清算工作。

八月三十日

我們明顯感受到這場夢境正在走向終點。

咲葵說這個世界是以正在作夢的我和她為中心運轉，所以越靠近夢境尾聲，與我們無關的事物就會陸續消失。打開電視沒有任何畫面，電車行駛的班次確實也減少了。總覺得小鎮也漸漸失去活力，說不定連居民都在減少。

「再來就去清算雫的遺憾吧。」

咲葵這麼說，並往某處走去。

「要怎麼清算？」

「我本來想實現雫的夢想，和透開一場二重奏演奏會，但我沒辦法代替雫拉小提琴，所以就放棄了。」

我深刻感受到咲葵果然思慮周全，還為我推動情勢。雖然是清算我的過去，但她一定會替我決定該做的每一件事，這次也不例外。

「所以我想幫雫建一座墓。」

「……」

「抱歉說了這種擅自干預的話，但你之前說沒有幫雫造墓，我才覺得這是為這個世界的雫最該做的一件事。」

因為在真正的世界中雫還活著，所以咲葵特地強調「這個世界」。

「也對，就這麼辦吧。」

咲葵可能擔心我又會生氣，所以有些小心翼翼地觀察我的態度，於是我對她這麼說。

我知道她這些話都是為了我著想，怎麼生得了氣呢？

「妳真的處處為我著想啊，謝謝妳。」

我不但沒生氣，還說了這句話。

我把聽完話後傻愣愣的咲葵留在原地，逕自往前走。

「咦？啊啊！等一下，別丟下我不管啊！」

雖說是墳墓，規格也沒有那麼正式。我們買了一塊大小合適的石碑，像墳墓一樣將石碑埋在雫的回憶地點，就這麼簡單。

我們來到以前跟家人來過的山中小丘。一望無際的遼闊天空和海洋，配上夕陽西沉的景色，或許是我人生中最壯闊的美景。雖然有點遠，但非常值得特地來欣賞這幅美景。

「真是個好地方。」

「是啊，這是我和家人的回憶之地。」

「這樣啊，回憶之地……」

咲葵感慨萬千地呢喃著「回憶之地」這幾個字。

「怎麼了？」

「不，沒什麼，只是覺得你爸媽如果能一起來就好了。」

「是啊，等爸媽工作告一段落回來之後，下次再三個人一起來吧。」

已經不可能有那種時間了，但我還是刻意這麼說。因為我如果能想起來的話，在原本的世界一定會全家四個人再來一次吧。

總有一天也想帶上咲葵，五個人一起來。

我們找了個在山丘上眺望水平線最漂亮的地方，建造屬於雫的一方地。將事先刻好姓名的大石碑立起，又放了雫喜歡的樂曲琴譜，和她最愛吃的有點高級的哈密瓜。

「這些對高中生來說算是很大手筆囉。」

我對雫的石碑這麼說。

雖然心底仍殘留幾分後悔與罪惡感，卻已經釋懷了些。

我在心中詢問雫「我可以往前走了嗎？」當然得不到任何答案，但心裡卻暖呼呼的。

「可以呀，謝謝你一直把我放在心上。」

感覺雫的心聲鑽進了我的心坎。

「咲葵，謝謝妳。」

「你最近一直在謝我耶？」

「我對妳有說不完的感謝啊。」

我能像這樣好好面對雫，決定往前邁進，都是咲葵的功勞。希望在未來的某一天，我會覺得這個由夢境組成的虛假世界也是有意義的。

「該回去了吧。」

「夕陽也是回憶之一吧？不看一看嗎？」

「嗯，不用。看完再回去會太晚，而且以後一定還有機會再過來看。」

「這樣啊。」

我的心情暢快極了。從沒想過勇敢面對雫之後會是這樣的心情。

我確實消化了遺憾，可以把自己的心清得乾乾淨淨了。

但與此同時，我也切身體會到自己正慢慢接近終點。

我們重新踏上這段遙遠的路程，轉乘公車和電車後回到居住的城鎮，但跟我和咲葵無關的地點幾乎都變成空白一片，完全看不見道路和鐵軌，只有我跟咲葵兩位乘客的電車就在這片白茫茫的地方不斷行駛。

彷彿沒有染上任何色彩的純白世界，美到不像是人世間會有的景象，同時也是讓人悲痛欲絕的景象。

自己居住的世界正在變成一張白紙。

「真的要結束了。」

「嗯……」

現場只有我和她的聲音寂寥地迴響著。

至少在這個世界走到盡頭前能和她在一起。

我們就這樣回到那個仍有形有色的城鎮。站在熟悉的地方，街景看起來跟平常沒什麼兩樣，但方才回來的那條路卻已經變成雪白世界。

此刻像極了要從虛幻夢境中醒來的感覺，這也讓我徹底感受到這裡真的是夢境世界。

「全都清算完了。」

我這麼說。

「……」

但她沒有回話。

咲葵所說的清算應該都結束了，她曾說等我清算完過去才要真的和我交往。

「還沒結束。」

她卻搖搖頭。

「什麼意思……」

「還沒結束。」

「那是……」

「嗯，還有事情要清算。」

現在是即將要跨日的凌晨時分。

白天那些噪音在深夜的城鎮中都沒了聲響，呈現出充滿寂靜的夜色。

只有路燈和月光照在她臉上，美麗卻絲毫不減。

在微弱光源映照下，她用透出幾分悲傷的神情說：

「還有我。」

日期改變了。

她手機裡的剩餘時間也同時來到【24:00】。
最後一天來臨了。

八月三十一日

「透，這個拿去。」

暑假最終日，夏日盡頭，夢境尾聲，世界最後一天。

迎來這一天後，我們的度日方式卻跟以往沒什麼兩樣。出門採買，像這樣一起下廚，吃完後開心地聊著可有可無的話題。這種日常感讓我感到愉快又幸福。

「雖然出遠門到平常不會去的地方很特別，但過去我們共築的時光也很特別，所以我想享受這些堆砌至今的特別到最後一刻。」

咲葵的語氣參雜了些許念舊之情，或許是面對終點時讓她想起了過往的種種吧。因為咲葵記憶中與我共處的時間，比我的記憶還要豐富且漫長。

「啊，但我想在太陽下山前去一個地方。」

「要去哪裡？」

「我說了吧，我的事情也要一併清算。」

說完，咲葵帶我來到的地方不是過去我們常去的學校音樂教室，也不是那個演奏廳，而是有段距離的花田。

「哎呀，幸好還有電車。」

「但途中的景色幾乎都是一片空白。」

「是不是很像雪景呀？」

「與其說像下雪，感覺更像雪從地面升空吧。」

映在我們眼中的景象開始逐漸化為白紙，記錄在這個世界的景色逐漸化為粒子升上天空，不留一點痕跡。此景雖美，卻也充滿寂寥。

但幸運的是，她想去的那片花田仍完整地留了下來。一定是因為這個地方在咲葵心中留下深刻的記憶，才沒有消失吧。

「說不定之後連電車都會消失，這裡就會變成這個世界剩下的最後一個地方，你能接受嗎？」

「可以啊。既然是咲葵喜歡的地方，我當然無所謂。」

我只求咲葵能在我身邊，不會過度奢求，除此之外我什麼都不要。

「兩年前我跟透一起來過這裡喔。」

「這樣啊。」

「嗯，大概也是第一次約會的地方。」

「那確實是回憶之地。」

「嗯，回憶之地。」

咲葵有些落寞地瞇起雙眼，眺望周遭那片盛開高聳的夏之花。

「咲葵，妳喜歡向日葵嗎？」

「嗯～該怎麼說呢，雖然有點複雜，但這畢竟是我名字的由來，所以算喜歡吧。」

日向咲葵，盛開的向日葵。這些植株高聳，仰望天空的夏日花卉，沐浴在陽光下透出清新閃耀的光芒。話雖如此，走在這片花田中的咲葵看起來更加耀眼，我覺得這名字很適合她。

「妳喜歡自己的名字嗎？」

「嗯，喜歡啊。」

「這樣啊。」

「因為是透過去喊了好幾次的名字嘛。」

咲葵一點也不害臊，笑容滿面地這麼說。

「兩年前還是有點距離感的『日向』，如今變成戀人後，就改成甜蜜蜜的『咲葵』了，讓我很開心，所以我好喜歡。」

「……這樣啊。」

相反地，咲葵這些話讓我害羞極了，只能用生硬的語氣回應。以前我覺得名字只是用來識別個人的東西，我是什麼時候開始用這麼親暱的方式喊別人的名字呢？

「以前我不喜歡向日葵跟自己的名字，是因為透才漸漸有了好感。」

「太好了。但我也喜歡聽咲葵喊我的名字喔。」

我也直接說出自己的心聲，咲葵便露出不懷好意的笑容「哦～」地冷哼了一聲，我猜她應該很高興吧。

那我就要盡情地喊。

「咲葵。」

「透。」

「咲葵。」

「透。」

「……」

「……」

這股沉默甜蜜又令人焦急，讓我們害羞得不得了，彼此都滿臉通紅地噗哧一聲大笑起來。現在就連羞恥心都是幸福無比的感情。

「聽我說聽我說。」

「嗯？」

「可以問那種老套的『如果』問題嗎？」

「喔，儘管問吧？」

咲葵探出身子氣勢洶洶地貼近我。雖然被她的氣勢所震懾，我還是催促她趕快問。

「如果明天就是世界末日，你會怎麼做？」

這句話讓向日葵花田瞬間被靜默所籠罩。

她問了這個太過殘酷又現實的問題。

平常我可以態度從容地說「怎麼可能忽然發生這種事」，簡單避開這個問題，但對真的碰上這種不可能發生的事的我們來說，卻是最含蓄的問題。

「這個嘛……咲葵會怎麼做？」

「是我問的，所以你先回答～」

「但考量現在的狀況，這個問題很難回答耶。」

「所以我才問你嘛。」

我開始思考自己現在想做什麼。

到充滿回憶的各個地方看看，去一些特別的地方，準備和重要的人道別，什麼也不想地正常過日子。

雖然列了好幾個候補，卻沒有一個標準答案。以前遇到這種問題我還能一派輕鬆地回答，如今成了局中人就困難多了。

但是……

「嗯。」

我點點頭心想「還是只有這個答案」。

「想好了嗎？」

「想好了。」

「好，請回答！」

咲葵招招手靜候我的回答，臉上帶著微笑，彷彿早已猜到我要說什麼。

「咲葵，我想待在妳身邊。」

到頭來我還是只有這個願望。

「這樣就夠了，只要有咲葵在，那就夠了。」

我的語氣像是在反覆回味，也像是在深刻理解自己說的這句話。

所以在世界末日前還能像這樣跟她在一起的我，一定比這個虛假世界的任何居民都要幸福吧。

「我也是。」

咲葵用這句話贊同我。

「只要能跟透在一起，那就夠了。」

「這樣啊。」

「嗯。」

「……」

「……」

「……哈哈。」

「……呵呵。」

我不禁心想，最近我們常常像這樣相視而笑呢。我一定是為了至少在這個世界結束的那一刻前記住她的笑容吧。

我們在無數成排的向日葵黃色世界中度過兩人時光，雖然什麼也沒做，但這樣就夠了，我們的目的就是共享兩人時光。

「跟我說說兩年前的事吧。」

以逐漸透出茜紅色的天空為背景，咲葵露出一抹燦爛的笑容，塞著頭髮裸露在外的耳朵上戴著讓人印象深刻的閃亮耳環。

「兩年前啊。」

咲葵有些害羞地露出靦腆笑容，有些懷念地瞇起雙眼。

「我在這裡跟透告白了唷。」

這件事在咲葵那支手機裡也有寫到，但像這樣由本人親口告知，我才有種這件事確實發生過的感覺。當時我是什麼樣的心情呢？我開始羨慕過去的自己，甚至有些嫉妒。

「然後呀，這個耳環也是透在這裡送給我的。」

為了強調耳垂上那個小巧可愛的向日葵造型耳環，她再次將頭髮塞到耳後。我真的好喜歡咲葵這個習慣動作。

「真的嗎？」

「嗯，但當時我還是國中生，根本沒有耳洞啦。」

「我誤以為那是夾式耳環嗎？」

「大概吧。」

咲葵輕聲笑道，彷彿在說那也是美好的回憶。

「結果我去打了耳洞，就為了戴上這個耳環，因為我本來是個不起眼的人，但覺得這樣跟耳環不搭。真的需要很大的勇氣耶。」

「對妳真不好意思。」

「就是說呀。拜你所賜，我還拚命努力讓自己變成適合戴耳環的人呢。」

雖然是抱怨的語氣，卻聽不出任何挖苦。

「後來我也開始留意穿搭，染頭髮、化妝，因為這樣就能變成適合戴耳環的人。」

結果不知不覺就變得這麼花俏了——她打趣似地笑道。

「……就為了耳環嗎？」

「就為了耳環。」

還真是感天動地的犧牲啊。

「我就這樣變漂亮了。觀察周遭的反應，我才漸漸這樣覺得。」

「周遭的反應？」

「嗯。我知道透很痛苦，我也不敢獨自放下罪惡感去交朋友，所以我沒有朋友。」

果然沒錯。咲葵心中懷抱的罪惡感與我相同，甚至更勝於我，卻仍不屈不撓地苦等著我。

但她的態度就像從沒吃過這些苦一樣，毫不在意地繼續說道：

「但同年級的男生常常來找我搭話，那個……偶爾也會碰到，搭訕之類的啦。看到他們的反應，我才覺得自己變漂亮了。」

說到這裡，咲葵才連忙補充說明。

「別擔心喔，我沒有跟其他男人交往過，也從來沒有跟著他們走喔！」

「沒事，我不擔心。」

「因為我每次都丟下一句『我有喜歡的人了！』就跑走了。」

說著說著，我們都苦笑起來，我也回答「謝謝妳等我這麼久」。我不知道該用什麼方法回報她付出的努力與委屈，只能像這樣開口答謝。

「還有啊，我們兩年前在這裡……」

在這股刻意營造的沉默中，我的意識被咲葵牢牢掌控。她把纖細修長的手指移到唇邊，我的視線也跟著飄了過去。

「第一次接吻了喔。」

「……」

我目不轉睛地盯著咲葵的嘴唇。明明跟她接吻那麼多次了，聽到這種刻意強調的語氣，我竟感到莫名緊張與激動。

「所以我想在這裡。」

咲葵說出這句話的每個唇型，我都看在眼裡。

「再跟你接吻一次。」

「……好啊。」

我給出回答後，我們就像是自然而然被吸引般靠近彼此，吻上對方的唇。在極近距離下感受到逐漸炙熱的吐息聲，她的氣息也讓我心跳加速。暫時鬆開唇吻後，我們又像渴求彼此般再次貼近。這個吻又深又長，像是要將對方牢牢刻進記憶裡。

「我覺得好開心喔……」

咲葵的眼角微彎，臉頰潮紅、眼眶含淚。看到咲葵露出如此脆弱的表情，我立刻將她擁入懷中。

「我喜歡妳。」

「……我也喜歡你。」

我們不斷向彼此表達心意。

我用力皺緊眉頭，努力忍住差點跟心意一同滑出的淚水。

♫

夜漸漸深了。

看了咲葵的手機，螢幕上顯示著【3:47】這串數字。這個世界的時限只剩四小時了。

「明明離我們那麼遠，我們卻能清楚看到月亮和星星呢。」

這句話也暗藏著「明明連遠方的城鎮都變成一片空白了」的意思。

「是啊，我想這一定也是巧妙安排的結果，畢竟太陽消失就慘了嘛。」

「這樣啊～」

懸在黑夜中的月亮和星星，沐浴在月光與星光下的無數向日葵，真是夢幻又優美的景象。我們坐在長椅上共同仰望夜空的模樣，彷彿連我們都變成了向日葵。

「在這樣的夜晚，就好想聽那首演奏會的曲子喔。」

「真的耶，但已經沒有電車了吧。」

我們本來決定在向日葵花田玩到盡興後，就回到居住的城鎮，在最讓我們難以忘懷的演奏廳待到最後一刻，但可以把我們載回去的電車和車站早就從這個世界消失了。

連向日葵花田都從邊緣開始慢慢消失，世界真的要走向末日了。

「但這個世界一定很溫柔。」
「世界很溫柔？」
「嗯，它像這樣把美景留到最後一刻，重點是還讓透陪著我走到最後。」
「既然很溫柔就不該消失，讓我們繼續作著永遠在一起的美夢啊。」
「說得……也是……」
我陷入沉默。
感覺一開口就會不小心說出什麼話。我們一定都想帶著笑容走到最後，所以我不能貿然開口。
在這股沉默中，我和咲葵依舊十指緊扣牢牢牽著手。

♫

【00:17】
四周被一道神秘的光覆蓋。
光線從將視野染成黃色的無數向日葵之間流洩而出，準備將這個世界的最後一塊碎片吞噬。

「時間快到了呢。」

「……是啊。」

顫抖。我們的聲音，緊貼的肩頭，全都像在抗拒現實般震顫不已。

我忐忑不安，心中湧現出想抱緊咲葵的衝動，卻又想將她的身影牢牢印在眼中，便將手握得更緊了。由於她也跟我一樣加重力道回握，才讓我勉強恢復冷靜。

「透，你現在幸福嗎？」

「很幸福啊。」

「太好了，我也很幸福。」

她這麼說，不在乎自己的嗓音還在顫抖。一想到這或許也是最後一次聽她的聲音，就覺得不勝唏噓。

「透，對不起。」

「幹嘛道歉？」

「你說得對，如果我沒選擇要和你相遇，就不會讓你這麼痛苦了。」

我心想「妳在說什麼啊，妳的表情看起來比我還要痛苦」。她皺起端正秀麗的臉龐，彷彿下一秒就會落淚。

「別說傻話。」

「可是，可是……我……」
咲葵低下頭膽怯地說。
「都是因為我盼望這場夢，透才會這麼痛苦，而且雫也……」
「……」
「我一直找不到答案。我真的對自己想跟透在一起的願望後悔了無數次，總是捫心自問這樣真的好嗎？卻找不到答案……」
我還以為只有我一個人在後悔，但我身旁的咲葵肯定背負了更沉痛的重擔，或許她把這個夢境世界發生的所有事都視為自己的責任。
沒有人可以聽她傾訴心中的痛苦，所以應該沒有任何宣洩管道。
咲葵始終在孤獨中苦等著我。
「或許還是會後悔吧，畢竟我也沒辦法在全盤接受的狀況下結束這場夢。」
「嗯。」
「但咲葵的選擇並沒有錯。」
「透……」
我說得小心翼翼，希望我這些話能成為咲葵心目中的「清算」。
「我更不希望沒有和咲葵相遇。如果沒像這樣和妳相遇，我就無法面對過去，也不會得到這麼豐富的幸福體驗。這樣一想，就覺得現在的痛苦也是甜蜜又可愛。」

「……什麼嘛，無謂的逞強。」

說完，咲葵露出一抹淡淡的笑靨。

咲葵果然也沒辦法全盤接受，但聽我這麼說，也一改臉上泫然欲泣的表情。希望這些話能帶給她一點救贖。

結果那抹微笑忽然變成驚訝神情，咲葵喊了聲「對了！」似乎想起了某件事。

「怎麼了？」

「我忘記一個約定了。」

約定……？在這個即將終結的世界，居然還有未完成的約定嗎？我好像一點印象都沒有。

「就是那個啊，最一開始的約定！」

見我疑惑地歪著頭，咲葵傻眼地感嘆道：「你居然忘了～」

「我不是跟你約好了嗎？如果你願意全程幫忙，就會無條件實現你的願望。」

「……啊啊！」

她確實說過這種話。我記得原話是「如果你願意全力幫忙，我就無條件實現你一個願望」，這種聽到心儀異性說出口會覺得毒性略強又甜蜜的話語。

「但妳指的不是『能參加演奏會』嗎？」

「我說的不是『能參加演奏會』，是『整個暑假都願意幫我』啊。透陪著我直到暑假最後一刻，所以有權利提出一個願望喔！」

她用誇張的語氣如此堅稱。

「願望啊。」

「啊，都這種時候了，不能提出色色的請求喔！」

「我才不會說那種話！」

可能看我難得如此慌張，咲葵似乎覺得很有趣，放聲大笑起來。

「那……」

「想好了嗎？」

「是啊，可能有點困難喔。」

「什麼願望都可以唷。」

話雖如此，此刻浮現在我腦海中的那句話的確既殘酷又不負責任。

所以我很猶豫該不該說出口。

「這個世界結束，回到原本的世界後。」

「嗯。」

「我希望妳繼續等我。」

「……」

「我也知道這話很殘忍，但我還是想再過一遍跟咲葵共度的時光。」

「……什麼嘛～」

她用有些掃興的語氣嘀咕了一句。

「我本來就打算這麼做啊。」

「什麼意思……」

「不用你說，我也打算一直等你啊。」

「……」

我對她這個超級模範解答甘拜下風，完全說不出話。真不愧是咲葵，我覺得自己往後也敵不過這個女孩子。

幸好有遇見她，幸好那個人是咲葵。

「謝謝妳和我相遇。」

「我才要謝謝你。」

於是我們再度相擁。

一想到只剩現在能感受對方的體溫，心中就充滿無奈。我們靠在彼此肩上，努力裝出的微笑也逐漸瓦解。

「已經，要結束了……」

「……嗯……快了……」

「……啊啊……」

「……嗚嗚……」

我忍不住發出嗚咽聲與抽泣聲，但我根本不在乎。

這個世界果然一點也不溫柔，真要搶的話，怎麼不搶走我們的眼淚呢？感覺笑容被奪走了，讓我的笑容很不自然。

眼淚根本停不下來。

「……咲葵、咲葵……不要離開我……永遠留在我身邊……」

「嗯……嗯……我會永遠陪著你……透……」

我心生盼望，拜託這場夢不要結束。

拜託現在也剛好聽見我的心願吧。

但這個願望還是沒能實現。

放在旁邊的手機發出震動聲。

【00:01】

只剩一分鐘了。

我已經放不開她了，我害怕與她分離，所以將她抱得更用力。

「……我真的，好喜歡妳……好喜歡妳……」

「我也，喜歡透……一直一直好喜歡你……！」

「好、好……」

世界即將走向終點。

唯有這份確切的感受漸漸傳遞至體內深處。

已經沒有時間了。

想說的話明明還有很多，腦袋卻想不出任何重要的話語。

所以我不顧一切採取行動。

我忽然放開她，在幾乎被染成雪白色的世界裡與她親吻，最後說了一句話。

在這個世界最後的聲音。

在這個世界最後的一句話。

這句話實在太符合我們的處境了，讓我們忍不住相視而笑。

最後雖然淚流滿面，但依然帶著笑容。

只留下這句話的聲音後，世界終結了。

這場漫長的夢，終於劃下句點——
「後會有期。」

epilogue

尾聲

あの夏、夢の終わりで
恋をした。

在夢境夾縫間

我看見了世界停止的那一瞬間。

那只是平凡無奇的日常即景。

那天我在演奏廳欣賞完音樂後準備回家，這件事早已融入我的生活。

我跟上完小提琴課的雫約好一起回家，這時正好看見雫站在行人穿越道對面，我便揮手示意。

等紅燈的時候，我也在期待行人穿越道轉為綠燈。

周遭環境跟平常沒什麼兩樣。和緩微風吹動草木，路上行人的步伐不盡相同，車子加速駛過人群，世界正常運轉。

但紅燈轉綠的那一瞬間，我忽然有種致命的不協調感。

站在原地的人們看到紅燈轉綠便邁開步伐，但在我眼中所有人都變成了慢動作，行動速度漸漸趨緩。

雫帶著笑容從我準備前往的地方走了過來，但那一瞬間闖進視線的異物讓我瞇起雙眼。

變成紅燈後應該要停下來的貨車，竟毫無減速地駛向雫。

——雫！

我大喊一聲衝上前去。

但在我採取行動之際，身旁有個人影竟早一步衝到雫身邊，像是要保護雫一樣抱著她滾向她原本所在的人行道。

儘管如此。

想用全身的力量保護雫的那個人，即將面臨被貨車撞上的危險，看那個角度似乎差一點就要撞上了。

發現這件事，我心無旁騖地往地上一踏。

我將那個女孩狠狠推出去。

隨著尖銳的煞車聲響起，我全身上下也受到令我難受至極的衝擊。

——本來應該是這樣的。

被貨車撞飛後，我壓著出血的額頭，並確認要保護的人平安無事。

確認完之後，我就昏倒了。

♫

我聽見聲音。

喊我名字的聲音。

一次又一次不斷重複。

我朝那令人懷念的聲音伸出手，想盡辦法抓住那個看不見影子的無形之物。

就像沉入水中的意識朝水面伸出手，等待有人能將自己拉出這個深沉幽暗的世界。

——透、透、透。

又有人喊我的名字。

這個拚盡全力的聲音是誰呢？

那個聲音讓我好懷念，同時也帶給我揪心般的痛苦。但聽到那個聲音，我卻覺得舒適又安心。

——羽柴先生、羽柴先生。

又來了。

但這種明顯跟剛才不同的感覺是怎麼回事呢？

有人按著我的肩膀輕輕搖晃。

我想叫那個人別妨礙我，想要想起剛剛那個聲音的主人是誰。

但那人沒理會我的要求，用比剛才更強的力道搖晃我的肩膀。

「……柴……生。」

喊我的聲音越來越大，同時我的意識也甦醒過來。

「羽柴先生。」

「嗯嗯……」

當意識完全清醒後，我睜開眼睛，發現是最近常見到的某位女性。

「早安，羽柴先生。你今天要出院喔，麻煩你打起精神。」

是一位比實際年齡還要年輕，長相秀麗的護理師。我因為那場車禍住院好長一段時間。

「智子小姐……再讓我睡一會吧。」

「不行，快點起床。」

不愧是美人，護理師智子連兇起來都這麼魄力十足。被她這麼一催，我便撐起上半身。

「趕快完成出院的準備，我們可沒閒到要把活蹦亂跳的人留在醫院～小雫也已經來接你了。」

「我今天姑且還算是病患耶。」

聽了我的回答，智子小姐選擇用掀起棉被來對付我。積攢在棉被裡的暖意頓時消散，害我剛醒來的身體被冷空氣狠狠攻擊。

時值冬季，就算在醫院裡面，忽然被人掀起棉被還是有點冷。

「智子小姐，我好像作了一場很長的夢。」

「那當然，你一直在昏睡嘛，當然會作夢啊。」

「說得也是。感覺是絕對不能忘記的夢。」

「怎麼，難道你在夢裡談戀愛了嗎？」

智子小姐用調侃的語氣這麼說。無論如何夢就是夢，遲早會從記憶中被遺忘，不用特意理會也無所謂。明知如此，不知為何還是讓我難以割捨。

「誰知道呢。」

我也帶著苦笑回答。

結果病房來了訪客。

「早啊，哥哥～」

「嗨，透。」

一個是我的妹妹雫，一個是跟我一樣由智子小姐負責照顧的病患香織。

活潑的兩人相當合得來，在我住院後馬上就意氣相投了。雫雖然常常來探望我，但感覺幾乎都是為了來找香織。

「妳們早啊。」

「喔，你是不是在睡懶覺啊？」

香織語帶調侃地聊到我睡迷糊的臉，我也準備拿前幾天得到的消息應戰。

「前陣子聽說香織最近有喜歡的男孩子啊？要不要說來聽聽？」

被我這麼一說，香織有些驚訝地晃動一頭短髮，接著似乎猜到是誰洩漏情報，氣呼呼地鼓起臉頰大喊「智子小姐！」

因為身邊圍繞著這些人，從夏天開始將近半年的住院生活根本不會無聊。

雖然車禍前後的記憶出現部分混淆的症狀，但我依然四肢健全，沒有什麼大問題。

車禍當時我有流血，撞上我的貨車都凹陷了，嚴重程度讓周遭群眾亂成一團，那陣子甚至還登上地方報紙版面。但無人身亡，只有我一個人掛彩，損害也沒有車禍現場那麼嚴重，所以這場騷動很快就平息收場了。

老實說，當時的狀況我已經記不太清楚了，只依稀記得是受到非得做點什麼的使命感驅使，拚命想保護身邊包含雫在內的人。總覺得身邊也有人出手相助，但可能是車禍衝擊導致部分記憶缺失，所以我想不起來。

總之最後沒有釀成大禍，那就無所謂了。

個人覺得自己的傷勢沒有嚴重到需要住院的地步，所以只想盡快恢復自由之身，今天終於迎來出院的日子了。

「好啦，哥哥，我們回家吧。」

「好，走吧。」

又回歸正常了，繼續平凡無奇的日常生活。

但我知道這種理所當然才是幸福。

我一定要好好珍惜平凡的每一天——這股意念也隨之增強。

「對了，雫，難得出院了，可以先逛一逛再回家嗎？」

「可以啊，但你要去哪裡？」

「啊啊，就是……」

間奏　後會有期

我用力摩擦被冬日寒氣凍僵的手努力取暖，並走進會場。

鎮上的演奏廳一如既往沒什麼觀眾，今天的狀況也稱不上盛況空前。被寂靜堆砌的寧靜氣氛，讓視線模糊難辨的昏暗光線。最近我比以前更常來這裡，但不管過了多長時間，季節如何更迭，這一如往常的氣氛還是讓我莫名心安。

我來這個演奏廳的時候，都會選在時間相當充裕的時間點。原因很簡單。

「我看看……」

我往會場內的觀眾席掃視一圈，尋找可以剛好看到鋼琴演奏者的指法，又不會太近的絕佳座位。

最後我坐在那個自己最喜歡，也是充滿與他共度回憶的那個座位。

我一直都在等他。

我沒能阻止他發生車禍，只能遠遠看著他一個人住進醫院，但我唯一能做的只有等待。

直到他出現在我面前。

直到他想起我的一切。
直到他喊出我的名字。
「我先去洗手間喔。」
「好，那我先去找位子。」
在始終靜謐的會場中，忽然從某處傳來這些聲音。
我不可能錯過，也不可能聽錯那個熟悉又溫柔的嗓音。
一絲不苟的腳步聲慢慢靠近，但感覺那人的步伐早已習慣這種略帶緊張感的氛圍。
或許是身處這種大部分聲音都屏蔽的環境，我的聽覺比平常更為敏感，不斷追尋那個由遠而近的腳步聲。
當腳步聲變得清晰可聞時，聲音卻戛然而止。
身旁有個人影落在我身上，我順勢將視線移過去，結果對方也在看我，兩人四目相交。
「……」
他就站在那裡。
一臉不解地看著我。

他用彷彿在問「可以坐妳旁邊嗎？」的語氣……

「妳好。」

對我這麼說。

和過去一模一樣的他就在眼前。

讓我苦苦追尋，等候多時的他就在眼前。

然後……

「應該說，好久不見吧？」

他帶著溫柔笑靨如此開口，最後……

——咲葵。

他這麼說。

我們對未來許下的那個約定，如今真的實現了。

「後會有期。」

那個缺乏明確證明的含糊約定。

——又見面了呢。

後記

大家好，我是冬野夜空。

這裡要先感謝各位購買《那年夏天，在夢境尾聲墜入愛河》。

我猜每個人都經歷過「如果當時這麼做……」的後悔之情，而我心中的後悔恐怕比一般人還要多，這次才決定將這種後悔定為主題寫了一篇故事。

我認為一個選擇能讓未來發生巨大轉變，偶爾也會陷入「自己沒選擇的未來會發生什麼事」這種無謂的思考。如果在某個世界我不是小說家，那會是怎樣的狀況？我會忍不住設想出這種可能性的世界。

那是假想——抑或是另一個世界，簡單來說就是平行世界。

作為本作舞台的另一個世界（ANOTHER WORLD），和本作中以重要關鍵字登場的「後會有期」（ANOTHER TIME），都設定成跟 ANOTHER 這個英文單字有關，但應該不會有人發現這一點吧。

如果有讀者因為本作讓往後的後悔稍稍緩解，或是能幫助您稍稍清算此刻心中的後悔，那就是本作《那年夏天，在夢境尾聲墜入愛河》發行上市後最值得慶幸的事。

請容我致上謝詞。

在忙碌行程中仍持續認真面對作品與我的責任編輯飯塚大人，將咲葵的華麗外貌和神秘虛幻氛圍如實呈現在原文封面插畫上的雨壱絵穹大人。除了在此列舉姓名的人，還包含其他參與本書製作的各方人士，我都要獻上無比真誠的謝意。

也要再次感謝購買本作的每位讀者。

二〇二〇年六月　冬野夜空

國家圖書館出版品預行編目資料

那年夏天，在夢境尾聲墜入愛河 / 冬野夜空
著；林孟潔 譯.--初版.--臺北市：皇冠. 2024.06
面；公分. --（皇冠叢書；第5166種）
（Dear；5）
譯自：あの夏、夢の終わりで恋をした。

ISBN 978-957-33-4161-1 (平裝)

861.57　　113007159

皇冠叢書第5166種
Dear 5

那年夏天，在夢境尾聲墜入愛河

あの夏、夢の終わりで恋をした。

作　　者—冬野夜空
譯　　者—林孟潔
發 行 人—平　雲
出版發行—皇冠文化出版有限公司
台北市敦化北路120巷50號
電話◎02-27168888
郵撥帳號◎15261516號
皇冠出版社(香港)有限公司
香港銅鑼灣道180號百樂商業中心
19字樓1903室
電話◎2529-1778　傳真◎2527-0904
總 編 輯—許婷婷
責任編輯—張懿祥
美術設計—單　宇
行銷企劃—蕭采芹
著作完成日期—2020年
初版一刷日期—2024年6月
初版二刷日期—2024年8月
法律顧問—王惠光律師

讀者服務傳真專線◎02-27150507
電腦編號◎579005
ISBN◎978-957-33-4161-1
Printed in Taiwan
本書特價◎新台幣299元/港幣100元